Até onde chega a sonda

F✦SF✦R✦

PATRÍCIA GALVÃO (PAGÚ)

Até onde chega a sonda

Escritos prisionais

Organização por
SILVANA JEHA

Prefácio por
ELOAH PINA E SILVANA JEHA

7 PREFÁCIO
   Os abismos e as asas de Patrícia Galvão
   Eloah Pina e Silvana Jeha

51 ATÉ ONDE CHEGA A SONDA
60 No subterrâneo
62 E o homem subterrâneo foi criado
64 Diálogo com o homem subterrâneo
81 Correspondência

111 ANEXOS
113 Breve cronologia
117 Lista de livros e documentos apreendidos em 1936
125 Manifesto coletivo de presas, 1936
131 Lista de livros e documentos apreendidos em 1938
132 Carta de uma militante

PREFÁCIO

Os abismos e as asas de Patrícia Galvão

[...]
Gosto de ver ainda
Uma cabeça caída numa mesa de bar
Uma mulher andando pela noite sem de[stino]
Um moleque dirigindo palavrões
Às senhoras honestas.
Gosto de ver crimes, brigas, o diabo.
Gosto até de ver um pobre senhor achincalhado
Ou um empurrão dado em boas condições
Numa futura mãe.
Quando encontrar um vagabundo numa ponte
Empurrá-lo na água
Gosto também de comer uma feijoada
Num restaurante sujo
Com moscas voando
E dizer ao garçom que tudo está ótimo
Machucar os pés numa subida de morro
Carregar água poluída
Ficar por conta do à toa
Ser atropelada
Não morrer para que todo o mundo
Também fique por conta do à toa.
Ter filhos
Até arrumar um casamento naufragado
Sonhar
Sofrer as delícias de Cristo e as amarguras do Diabo

Conhecer o céu e o inferno,
Um peixe.
Um pedaço de trapo que fosse
Atirado numa estrada
Em que todos pisam
Um pouco de brisa
Uma gota de chuva
Uma lágrima
Um pedaço de livro
Uma letra ou um número
Um nada, pelo menos
Desesperadamente nada.*

É preciso promover permanentemente uma iconoclastia sobre a mítica Patrícia Galvão, mais conhecida como Pagú. Pelo menos enquanto esperamos a publicação de sua obra completa, o que traria a possibilidade de superar o apego do senso comum à sua biografia extraordinária. É preciso sobretudo conhecer a poeta, escritora, jornalista, cronista, tradutora, crítica original, dramaturga, cuja maior parte dos escritos continua inédita em livro. Muitas pessoas que se aproximam da autora através das obras disponíveis a respeito dela, ou mesmo daquelas escritas por ela, e nos últimos tempos, principalmente, pela porteira aberta da internet, ficam impactadas com a beleza e a trajetória radical que ela percorreu até os trinta anos. E param por aí. No entanto, embora a persona pública esteja sob essas luzes cintilantes, sua atividade principal, a escrita, ao longo da vida se desenrolou também nas sombras do terror, seja interior ou exterior.

---

* Trecho do poema "Fragmento", de Patrícia Galvão, publicado postumamente por Geraldo Ferraz em *A Tribuna*, Santos, p. 13, 13 jan. 1963.

Depois de um mês da morte de Patrícia, Geraldo Ferraz publicou o poema que abre este ensaio, afirmando: "O 'Fragmento' [...] traduz através de um irrecusável lirismo, muito das posições mentais defendidas pela escritora".* Carlos Drummond de Andrade fez um epitáfio que imbricava arte, política, razão e sensibilidade na obra da autora:

> [...] Patrícia, a que não faltou o definitivo desencanto, prêmio rude de quem vive uma ideia-sentimento: sem se reconciliar com a ordem combatida, recolheu-se ao "tempo da decepção", onde a arte e a literatura oferecem consolo ao ser ofendido. Na história do modernismo, seu nome põe um colorido dramático de insatisfação levada à luta política.**

Essa insatisfação não levou só à luta política. Levou-a a uma escrita ininterrupta e multifacetada, ao ganha-pão de Patrícia, que, contrariando a magnitude que Drummond anuncia, mesmo nesse epitáfio foi eternizada como "musa trágica da Revolução".*** Daí a importância de concentrarmo-nos em sua obra, e não em sua imagem, apesar da dificuldade que a natureza de seus vestígios parece imputar. Depois de mais de sessenta anos de sua morte, os rastros escritos são incontáveis e parece que nunca chegaremos a uma totalidade, já que foram assinados com inúmeros pseudônimos, e muitos outros permaneceram simplesmente anônimos. Ela só passou a adotar com frequência o nome de batismo como assinatura a partir dos anos 1950, sendo que o rompimento com o apelido/acrônimo

---

* Id. Ibid.
** Carlos Drummond de Andrade, "Imagens de perda: Patrícia e João Dornas". *Correio da Manhã*, Primeiro Caderno, Rio de Janeiro, p. 6, 16 jan. 1963.
*** Id. Ibid.

"Pagú" —* até onde alcançamos — se deu no manuscrito *Até onde chega a sonda*, que agora vem a público. Além disso, seus manuscritos não se encontram em arquivos públicos. Tivemos acesso a este por meio do colecionador Rafael Moraes, a quem agradecemos.

ATÉ ONDE CHEGA UMA MULHER

No seminal livro *Pagu: vida-obra* (1982), organizado por Augusto de Campos — há mais de quarenta anos o maior farol para entender a trajetória da escritora —, ele próprio afirma:

> Fruto de muitos anos de pesquisa, este livro não se limita a pôr em foco a imagem fascinante da mulher de vida tumultuária que a lenda aureolou. Pretende revelar a sua face menos evidente, a de uma intelectual desassombrada e lúcida, uma "escritora da aventura", persistindo até o fim, com saudável inconformismo, a arriscar-se pelos caminhos da vanguarda, para "sacudir o sono do mundo".**

---

* Seu filho, Geraldo Galvão Ferraz, escreveu que, quando mais velha, ela "detestava ser chamada de Pagú. [...] Pagú era o rótulo que parecia designar, segundo ela, uma pessoa que já não existia. Alguém que morrera há muito tempo, vítima do esmagamento de seus entusiasmos juvenis por engrenagens implacáveis". (Geraldo Galvão Ferraz, "Introdução. A Pulp fiction de Patrícia Galvão". In: Patrícia Galvão (King Shelter), *Safra macabra*. Rio de Janeiro: José Olympio, 1998, p. 3.) Nesse sentido optamos por chamá-la principalmente de Patrícia, aproveitando que um ensaio prescinde da formalidade acadêmica. Neste último caso, não queremos pecar por intimidade, mas ressaltar que, sendo ela uma autora mulher cuja obra foi desconsiderada também por isso, nomeá-la com o primeiro nome é uma atitude de respeito, realçando seu gênero, pois quando se usa o sobrenome isso não acontece (além de o sobrenome ser de origem paterna). O Rehder da mãe é no mais das vezes suprimido.

** Augusto de Campos, *Pagu: vida-obra*. 3. ed. São Paulo: Brasiliense, 1987 [1982], contracapa. Na nova edição aumentada de 2014, Campos escreve o texto "Re-Pagu", que se inicia mais uma vez com a necessidade de iconoclastia:

Tendo alcançado sua intenção, Campos não dissocia a vida da obra de Patrícia, por isso o título do livro. Ele reuniu uma antologia da produção jornalística, poética e ficcional de 1929 até 1962, trouxe textos de todas as seções culturais e políticas até então conhecidas que Patrícia manteve em diversos periódicos, ilustrações do início da carreira e trechos das duas novelas publicadas: *Parque industrial* (1933) e *A famosa revista* (1945, com Geraldo Ferraz). Também apresentou uma cronologia detalhada ("roteiro de uma vida-obra"), alguma fortuna crítica, depoimentos e um caderno de fotos. Talvez a recepção do livro, provavelmente menos lido do que folheado, tenha sido um dos disparadores da continuação e do crescimento do mito Pagú. A farta iconografia e sua trajetória radical devem ter atiçado mais o imaginário do que os textos foram capazes de fazer. Por isso é necessário estarmos atentas a seu percurso para entender a escrita, tomando cuidado para não escrever apenas a história de sua vida.

Patrícia Rehder Galvão nasceu em 1910 em São João da Boa Vista, no estado de São Paulo, e mudou-se aos três anos para a capital, onde se formou normalista. Seu pai, Thiers Galvão de França, provinha de tradicional família paulista, mas era um modesto funcionário público. Sua mãe, descendente de imigrantes alemães e portugueses, era, ao que parece, dona de casa. Patrícia não chegou a exercer o magistério. Aos quinze anos estreou como

---

→ "Passaram-se 32 anos desde que saíram as três primeiras tiragens deste livro. Até então, Patrícia Galvão, oculta pelo incendiário codinome PAGU, era uma figura praticamente desconhecida e, quando lembrada, quase uma caricatura, presença trêfega e voluptuosa a incrementar o anedotário do modernismo, envolvida numa aura de escândalo fugaz e leviano". Id. Ibid. São Paulo: Companhia das Letras, 2014, p. 11.

ilustradora no *Brás Jornal*, publicação do bairro operário onde residia. Por essa época, segundo sua irmã mais nova, Sidéria, se envolveu com o jornalista Olympio Guilherme, pois escrevia cartas para a coluna dele no jornal *A Gazeta*.*

Guilherme de fato manteve entre 1925 e 1926 uma seção chamada "Perguntas de Mulher" e, na estreia, convocou jovens a mandarem questões que se relacionassem "com o amor, com a felicidade, com o casamento, com a beleza, enfim, toda sorte de perguntas fúteis que as gentis leitoras puderem conceber".** As missivistas sempre deveriam assinar com pseudônimos, e o colunista respondeu a mais de 250 delas. Algumas perguntas parecem ter sido enviadas pela jovem normalista Patrícia e poderiam estar gestando a escritora e suas dezenas de pseudônimos — a mulher contra tudo que lhe era destinado. Elas parecem antecipar sua trajetória, já que demonstram anseios, desejos e projetos. Nas respostas de Guilherme, entretanto, o que prevalece é um tom moralista. A pergunta 66, por exemplo, assinada por "Marília", é sobre a possibilidade de uma jovem *demoiselle* namorar um homem doze anos mais velho e casado. Patrícia era oito anos mais nova que Guilherme, que era casado. Ele responde com um peremptório não:

> Um homem casado não pode nem discretamente namorar uma *demoiselle* sem a ofender e sem prejuízos de seus deveres conjugais. E pela mesma razão não pode também uma senhorinha corresponder a esse "namoro discreto", embora levada pela irresistível simpatia que esse homem lhe inspira.***

---

* "Entrevista com Sidéria Rehder Galvão e Lúcio Fragoso". In: Augusto de Campos, op. cit., p. 360.
** *A Gazeta*, São Paulo, 26 nov. 1925.
*** Ibid., 24 fev. 1926.

A pergunta 76, enviada por "Vitamina de funk", traz certa irreverência atribuível a Patrícia: "Uma mulher que tem braços para trabalhar, cérebro para se dirigir na vida com coragem, com firmeza, e um coração bastante grande e superior para não se ofender com a ironia do povo — uma mulher assim precisa casar?".* Jurema P. R. (seriam essas as iniciais de Patrícia Rehder?) faz a pergunta 170: "Não acha o senhor que a mulher brasileira precisava um pouco de política para fazer triunfar seus direitos?". Guilherme responde:

> Vocês, mulheres, quando querem com muita ardência uma coisa quase inatingível, promovem *meetings* na praça pública, escrevem livros perigosos, discursam de pé numa barrica erguida num coreto, sobem às colunas dos jornais para descompor quem lhes não agrada, arreliam tudo, tudo combatem.**

A pergunta 82 é assinada por "Noemy": "Eu sempre fui uma apaixonada pelo jornalismo. Nasceu comigo essa admiração pelas coisas da imprensa e agora pretendo trabalhar para um jornal desta Capital. [...] O sr. acha que eu seria feliz na vida jornalística?".***

Se não foi Patrícia que escreveu algumas das perguntas, certamente ela as leu e comentou, além de se relacionar amorosamente com o autor das respostas, como confessou amargamente.**** De todo modo, os desejos e questionamentos das

---

* Ibid., 10 mar. 1926.
** Ibid., 6 jul. 1926.
*** Ibid., 17 mar. 1926.
**** Patrícia Galvão, *Paixão Pagu: a autobiografia precoce de Patrícia Galvão*. São Paulo: Editora Agir, 2005. Este livro, organizado e apresentado por seus dois filhos, é a publicação de uma longa carta datiloscrita endereçada ao companheiro Geraldo Ferraz em 1940. A segunda edição, a atual, chama-se

Patrícia é a quinta normalista na primeira fila da direita para a esquerda. São Paulo, c. 1928

missivistas triunfaram no rumo da vida de Patrícia Galvão, que se tornou jornalista, militante política, escreveu "livros perigosos", discursou de pé "numa barrica erguida num coreto" e promoveu *meetings*.

COQUETERIAS

Em 1927, Patrícia e Olympio Guilherme se inscreveram no Concurso Fotogênico de Beleza Feminina e Varonil, promovido pela

→ apenas *Pagu: autobiografia precoce* (Companhia das Letras, 2020) e suprime a introdução dos filhos. Neste texto usaremos a primeira edição, exceto se apontado de outra maneira.

Fox, cujo prêmio era a participação num filme de Hollywood. Ele venceu, ela não. A jovem normalista deve ter visto no concurso uma possibilidade de voo, de libertação do jugo familiar. No início de 1929, já formada, foi candidata pelo distrito da Liberdade ao concurso de beleza Senhorita São Paulo. A eleita disputaria, no Rio de Janeiro, o título de Miss Brasil, que, por sua vez, concorreria ao de Miss Universo, nos Estados Unidos. Nas fotografias da formatura e num retrato coletivo das concorrentes seus cabelos cacheados e compridos contrastavam com os penteados domados e encurtados da moda internacional dos anos 1920. Ao se comportar diversamente, mesmo sendo normalista e candidata a miss, ela já sinalizava alguma ruptura com o mundo feminino domesticado.

Naquele ano, Patrícia ainda publicou charges na *Revista de Antropofagia*. Assim começa a se livrar da pecha de "normali-

Patrícia Galvão (sentada, à dir.) e candidatas a Senhorita São Paulo num chá promovido pelo jornal *A Gazeta* em fevereiro de 1929

nha", como ela depois chamaria as moças da Escola Normal. Por outro lado, aos poucos percebe que sua beleza sedutora não será o meio de se libertar das amarras pequeno-burguesas, tampouco da vigência machista nos meios tradicionais ou de vanguarda.

Nessa época começa um romance com Oswald de Andrade. Os dois se casam e em 1930 têm um filho, Rudá Poronominare Galvão de Andrade. Dois meses depois, ela parte para um recital de poesia em Buenos Aires, portando uma carta para Luís Carlos Prestes. Não encontra o "cavaleiro da esperança", mas conhece os escritores modernistas locais: "[Jorge Luis] Borges quis se despir no meu quarto cinco minutos depois de me conhecer".* Nessa mesma viagem escreve numa carta para Oswald de Andrade: "Nesta porqueira de hotel não se pode usar batom, nem vestido sem mangas, nem nada".** Seja no calor da hora ou na rememoração dos acontecimentos anos mais tarde, Patrícia está afinal reivindicando um direito da mulher ao erotismo, sem que por isso deva ser assediada. Uma reivindicação, aliás, muito atual.

Há diversas fotos glamurosas de 1927 a 1930, reproduzidas à exaustão, que acabaram lhe conferindo a pecha insistente e equivocada de "musa do modernismo", algo que não deveria ter prevalecido nos anos seguintes, considerando suas atividades como ativista política e escritora. O seu coquetismo e a sua vida amorosa foram, e ainda são, em parte, sobrepostos à sua produção escrita.

O que conhecemos hoje genericamente como sedução era também chamado nas primeiras décadas do século 20 de coqueterias ou coquetismo. O tema foi objeto de estudo da psicanálise

---

* Patrícia Galvão, op. cit., p. 72.
** Augusto de Campos, op. cit., caderno de imagens, s. p.

e da sociologia. Em 1909, Georg Simmel escrevera "Psicologia do coquetismo" e, no mesmo ano, a psicanalista russa Sabina Spielrein esboçara os papéis dos gêneros nos atos da conquista amorosa: "No homem, o qual tem a função ativa de conquistar a fêmea, as representações do sujeito dominam, na mulher, por outro lado, a qual deve atrair o homem, as representações no sentido inverso normalmente passam a predominar".*

O desejo pela igualdade no jogo da relação da mulher com o homem e a reivindicação do direito ao erotismo aparecem em alguns dos textos de Patrícia, por exemplo, em "Cinema sexual", assinado pelo pseudônimo Kabelluda no jornal *O Homem do Povo*, que criou com Oswald. A partir da performance das atrizes Greta Garbo e Marlene Dietrich, em especial da última, em *O anjo azul* (1930), a autora lhes atribui, para além do coquetismo, um autoerotismo exemplar, pois elas estão "enfeitadas para as festas da vida, onde o amor compõe a trama cotidiana em que se enroscam homem e mulher".** Em *O anjo azul*, Dietrich interpreta uma dançarina de cabaré cujo número musical é um comentário sobre a mulher que domina o jogo erótico: "Os homens ficam como mariposas ao meu redor/ Não é minha culpa quando eles se queimam".***

No período em que a militância política foi sua principal atividade, tanto os companheiros de Partido Comunista, ao qual

---

* Sabina Spielrein, "A destruição como origem do devir". In: Renata Udler Cromberg (Org.), *Sabina Spielrein, uma pioneira da psicanálise*. São Paulo: Livros da Matriz, 2014. Spielrein foi uma das precursoras da psicanálise. Internada em Zurique, foi diagnosticada por Carl Jung como histérica em 1904. Ele a tratou com psicanálise e depois a orientou na Faculdade de Medicina. Esse texto foi, ainda, uma inspiração importante de *Para além do princípio do prazer*, em que Sigmund Freud elabora o conceito de pulsão de morte.

** *O Homem do Povo*, 1931.

*** Tradução da versão em inglês da canção. Marlene Dietrich canta em alemão no filme.

Foto do prontuário da Delegacia Estadual
de Ordem Política e Social (Deops), c. 1936

ela se filiara em 1931, quanto as autoridades policiais sublinham e julgam o comportamento sexual de Patrícia. Numa publicação de 1939 do Comitê do Partido Comunista de São Paulo, liderado à época por Carlos Marighella, lemos a sua expulsão oficial do partido, já que ela teria aderido à cisão trotskista. Mas tal divergência política não é argumento suficiente. Para rebaixá-la ainda mais diante de todos os membros, ela é descrita como "muito conhecida pelas suas atitudes escandalosas de degenerada sexual". Num "informe reservado" em seu dossiê do Departamento Estadual de Ordem Política e Social (Deops), provavelmente elaborado por um infiltrado, lemos que, já em 1933, ela é vista pelo partido como "descontrolada", "seduzível".

Em seu dossiê policial na França, são usadas as expressões "défavorablement représentée au privé" [sua vida privada é suspeita] e "être de moeurs assez faciles" [mulher de vida fácil].*
Como de costume em muitas histórias de mulheres, o desejo e o assédio dos homens atrapalharam tanto a militância política quanto os anseios por uma vida sexual livre, o que está dito em *Paixão Pagu: a autobiografia precoce...* — escrito um ano depois de *Até onde chega a sonda*. Patrícia tem amantes, viaja sozinha, vive com Oswald de Andrade antes de se casar, e sua vida libertária será evidentemente condenada. Em *Parque industrial*, o desejo de liberdade amorosa e sexual julgado moralmente aparece no diálogo entre os operários Pepe e Otávia:

— Você casa comigo, a gente fala com o padre Meirelles...
— O padre Meirelles nunca me casará! Serei do homem que o meu corpo reclamar. Sem a tapeação da igreja e do juiz...
[...]
— Sabe, não quero saber de uma puta.**

Essa confusão entre vida sexual livre e prostituição aparecerá em suas memórias quando Patrícia narra uma missão do partido ordenando que ela se deitasse com certo indivíduo para obter alguns documentos necessários. Ao que ela responde não ser uma prostituta. Em *A famosa revista*, o episódio é aproveitado numa passagem muito semelhante. Mais uma vez a experiência se torna literatura.

É preciso evocar a abordagem preciosa e, neste caso, feminista de Augusto de Campos. Em "Re-Pagu", de 2014, ele exempli-

---

* Adriana Armony, *Pagu no metrô*. São Paulo: Nós, 2022, pp. 45 e 49.
** Patrícia Galvão (Mara Lobo), *Parque industrial*. São Paulo: Companhia das Letras, 2022, pp. 42-3.

fica que "o mesmo preconceito ou a mesma ambiguidade envolveram figuras femininas relevantes do modernismo internacional que pairaram à margem dos protagonistas mais evidentes, dos quais foram por muito tempo sombras pouco delineadas". Mais adiante, depois de discorrer sobre diversas autoras lançadas à sombra, ele afirma que Patrícia Galvão foi "desajudada quem sabe pela própria condição feminina. A exuberante beleza pessoal talvez tenha contribuído para vitimizá-la antes que promovê-la".*

É importante mencionar essa posição de Patrícia, uma vez que a primeira leitura de *Até onde chega a sonda* pode enganar com sua postura de diálogo amoroso e submissão. Mas falaremos disso adiante.

A COMUNISTA: CRIME E CASTIGO

Na passagem de 1930 para 1931, depois de estabelecer contato com diversos intelectuais comunistas, notadamente Astrojildo Pereira, um dos fundadores do Partido Comunista do Brasil (PCB), para quem Patrícia fez algumas traduções, ela e Oswald de Andrade começam a militar pelo comunismo e fundam o pasquim *O Homem do Povo*, no qual misturam assuntos de cultura e política num tom satírico e libertário.

A irreverência de Patrícia jorra na coluna "A mulher do povo" e nas tirinhas de humor de Kabelluda. *O Homem do Povo* e a "A mulher do povo" são arautos de iniciação pública de ambos na militância comunista e tornam-se um totem dessa guinada.

Patrícia também continua suas incursões pelo desenho. Em cada número ela cria uma historinha em que Kabelluda é a um só

---

* Augusto de Campos, op. cit., pp. 11-2.

tempo autora e personagem. Vale-se afinal de sua performance capilar para criar sua personagem mais rebelde, que junta liberdade sexual e política. Como a sua criadora, ela é fundadora de um "jornal do povo". Extraditada para a prisão da ilha de Fernando de Noronha, é fuzilada num "*meeting* comunista" e finalmente, estudante de direito, trucidada em praça pública.

Tirinha de Kabelluda (Patrícia Galvão) publicada em O *Homem do Povo*, 2 abr. 1931. A Praça da Lamparina era o apelido da Praça do Patriarca

Depois de quatro meses, o pasquim é depredado por estudantes de direito do Largo de São Francisco e fecha. Em viagem a Montevidéu, o casal passa três dias sem dormir conversando com Luís Carlos Prestes.*

Em 1931, Patrícia e Oswald ingressam no Partido Comunista do Brasil. Uma das primeiras funções oficiais de Patrícia é a de secretária do Socorro Vermelho** em Santos, preparando e distribuindo panfletos. Logo no primeiro evento público, um comício em memória do assassinato dos anarquistas italianos Sacco

---

* Patrícia Galvão, op. cit., p. 75.

** O Socorro Vermelho Internacional, em russo *Mejdunarodnaia organizatsia pomóschi bortsam revoliutsii* (MOPR) ou Organização Internacional de Ajuda aos Combatentes da Revolução, foi uma instituição criada pela Internacional Comunista para auxiliar presos políticos de todo o mundo.

e Vanzetti, o estivador Herculano de Souza é morto pela polícia e cai em seus braços, e ela é presa pela primeira vez (como na tirinha que publicara meses antes). Muda-se para o Rio de Janeiro, onde "se proletariza" segundo ordens do partido, ou seja, se torna uma trabalhadora braçal em várias atividades enquanto participa de ações clandestinas.

No início de 1933 volta para São Paulo e publica *Parque industrial*, cujo subtítulo é "romance proletário", com o pseudônimo Mara Lobo. Como o nome de sua autora, é um texto amargo e raivoso. Fruto de uma experiência extenuante e radical vivida entre 1931 e 1932, *Parque industrial* não tem as tiradas de humor desbocado dos textos publicados em *O Homem do Povo*. Na "novela de propaganda", como ela a chamou em suas memórias com alguma ironia, várias personagens são alter egos da própria autora e consideram a sexualidade e outras dimensões femininas como a maternidade e o casamento tão importantes quanto a dimensão política. Mais que um possível marco entre o modernismo e o romance social da década de 1930, o livro é pesadamente feminista.

No fim do ano do lançamento do romance, Patrícia parte do Brasil para dar a volta ao mundo como correspondente de jornais brasileiros, ainda sob as orientações do PCB. Segue para o Japão via Pacífico estadunidense, depois China, atravessa a Ásia na transiberiana, passa pela União Soviética e termina a viagem em Paris. Na capital francesa, se hospeda na casa da brasileira Elsie Houston, então casada com o poeta Benjamin Péret, e convive com outros poetas surrealistas, em geral comunistas. Milita no Partido Comunista Francês e participa das Frentes Populares. Segundo seu depoimento:

> Ainda enfrentei as tropas de choque nas ruas de Paris — três meses de hospital. Ainda lutei: nenhuma bala me alcançava. O em-

baixador Souza Dantas excluiu-me de um Conselho de Guerra: estrangeira militando na França. Salvou-me, depois, de ser jogada na Alemanha ou na Itália — da mesma sorte de Olga Benário, e tudo por iniciativa própria. Conseguiu, ainda, comutar-me qualquer condenação por um repatriamento.*

Meses depois de chegar ao Brasil, em 1935, é presa e condenada.

POLÍTICA E DITADURA NA ERA VARGAS

Patrícia foi julgada e condenada duas vezes no contexto da reação do governo Getúlio Vargas aos levantes comunistas de 1935, também chamados pejorativamente de Intentona Comunista ou putsch comunista por alguns historiadores. Militares de Natal, Recife e Rio de Janeiro ligados ao PCB haviam tomado quartéis em suas cidades. Nas duas primeiras cidades, a tentativa durara de um a três dias, já na última, algumas horas. Desde então, o "perigo vermelho" tornara-se o inimigo número um da segurança nacional. Entre 1936 e 1937 foram decretados sucessivamente os Estados de Sítio e de Guerra e inicialmente instituído o Tribunal Superior Militar, logo substituído pela criação do Tribunal de Segurança Nacional, os quais julgaram sumariamente crimes políticos, segundo os artigos da chamada Lei de Segurança Nacional de 1935, também conhecida como Lei Monstro. Centenas de militantes e simpatizantes do comunismo foram detidos e condenados. Enfim, em novembro de 1937, Getúlio Vargas dá um golpe, instituindo o chamado Estado Novo,

---

* Patrícia Galvão. *Verdade e liberdade*. São Paulo: Edição do Comitê Pró-candidatura Patrícia Galvão, 1950.

o período oficial da ditadura varguista, que duraria até 1945. Nesse ambiente de exceção, as duas sentenças prisionais de Patrícia circunscritas neste livro foram justificadas por atividade comunista, tanto em 1936/37, pelo Tribunal Superior Militar, quanto em 1938, pelo Tribunal de Segurança Nacional.

Assim, ela estava já encarcerada havia cerca de três anos quando trabalhou em *Até onde chega a sonda*. Num ambiente de extrema vigilância, seria temeroso escrever algo que pudesse comprometê-la se, por qualquer descuido, caísse nas mãos das autoridades. Também por isso a escrita prisional de *Até onde chega a sonda* é dirigida ao seu interior, disfarçada de discurso amoroso, praticamente sem referências nominais, espaciais. Na Casa de Detenção do Rio de Janeiro, ela sofre torturas não só das autoridades governamentais como do seu próprio partido. Em *Verdade e liberdade*, livreto escrito no contexto de sua campanha para deputada estadual em 1950, torna públicos os castigos infligidos pelos líderes do PCB na prisão política carioca:

> Agildo Barata,* o chefe dos verdugos, pregava então os pregos na minha cabeça: "Sim, você não tem razão. Obedeça".
> NÃO, NÃO, NÃO E NÃO.
> Passavam-se as horas e os dias e as semanas e o sangue escorrendo e os verdugos se revezando para me vencerem ou me enlouquecerem.
> Descansava no hospital e voltava para a tortura. Pior que a Polícia? Não: métodos diferentes, mas tão extenuadores, ou mais, do que os da Polícia.**

---

* Agildo Barata foi um dos líderes que se rebelaram no Rio de Janeiro no putsch comunista de 1935.
** Patrícia Galvão. *Verdade e liberdade*, op. cit., s/p.

Diante disso, é preciso entender o que ocorria no interior do Partido Comunista do Brasil entre 1937 e 1939. Sendo um órgão ligado à Internacional Comunista, o partido expulsou oficialmente os componentes que aderiram à cisão trotskista, incluindo Patrícia enquanto estava presa. Várias organizações trotskistas vinham sendo criadas naquela década, entre elas o POL (Partido Operário Leninista), ao qual Patrícia foi acusada de estar ligada no processo que a condenou em 1938. Segundo o historiador Dainis Karepovs, ela estava no Rio de Janeiro promovendo uma aproximação do grupo da facção trotskista do PCB paulista, liderado por Hermínio Sachetta, com outras organizações de mesma orientação política, quando foi presa pela segunda vez.

Em agosto de 1939, algumas iniciativas trotskistas se fundiram para criar o Partido Socialista Revolucionário.* Patrícia foi nomeada presidente de honra. Um pouco antes, em fevereiro daquele ano, presa na Casa de Detenção carioca, ela escreveu o documento intitulado "Carta de uma militante",** e milagrosamente ele chegou ao seu grupo dissidente, que o publicou num boletim de pequena circulação no mês seguinte, março de 1939. O estilo desse texto, escrito no mesmo ano de *Até onde chega a sonda*, é completamente diferente do segundo, pois tem o tom maior dos textos revolucionários. Não há desespero, não há dor, apenas um chamado à luta política. Ela toma o cuidado de não falar da situação brasileira e faz uma análise detalhada do comunismo soviético para justificar sua adesão ao trotskis-

---

* Dainis Karepovs, "Apresentação à 'Carta de uma militante'". *Praga*, n. 7, 1999, pp. 133-4.

** Boletim. Comitê Regional de S. Paulo do PCB (Dissidência Pró-Reagrupamento da Vanguarda Revolucionária). 3 mar. 1939. Ver Anexos, "Carta de uma militante", p. 132.

mo. Ainda segundo Dainis Karepovs, o manifesto é marcado pela linguagem de Trótski, especialmente a do livro *A revolução traída*, volume listado na biblioteca apreendida de Patrícia na segunda prisão,* entre vários outros títulos do autor.

Considerado esse contexto, optamos pela publicação de *Até onde chega a sonda* junto a uma seleção de documentos de seu prontuário do Deops/SP e também de outras instituições judiciais para oferecer um contraste entre a sua escrita encarcerada e vigiada e a produção de uma imagem pública construída pelas autoridades estatais e a imprensa, além de outros escritos de sua autoria apreendidos ou reproduzidos pela máquina de repressão.

Oitenta e quatro anos depois, este texto prisional se junta a outras obras do gênero, sejam igualmente escritas no encarceramento — prisional ou manicomial — sejam memoriais. Uma literatura muito específica, cujos autores mais conhecidos são Jean Genet, Antonio Gramsci, Lima Barreto, Graciliano Ramos, Fiódor Dostoiévski, Abdias Nascimento, entre outros. Há poucos testemunhos prisionais femininos, talvez porque as mulheres tenham sido mais encarceradas em hospícios do que em cadeias nos séculos 19 e 20. Nos asilos manicomiais algumas deixaram registros, como Maura Lopes Cançado, Leonora Carrington, Nellie Bly e Aurora Cursino dos Santos.**

---

* Ver Lista de livros e documentos apreendidos em 1938, no Anexo, p. 131.

** Anos atrás Silvana Jeha leu um texto de Patrícia Galvão sobre os artistas do Juquery ("Desenho e pintura da turma de Franco da Rocha", *Diário de Notícias*, 21 maio 1950, p. 7). Aurora Cursino dos Santos era uma dessas artistas. Por conta desse texto, Silvana acabou escrevendo, com Joel Birman, *Aurora: memórias e delírios de uma mulher da vida* (Veneta, 2019). Patrícia do passado mostrou a arte de vanguarda e/ou marginal para os pesquisadores do futuro.

ZAPÍSKI IZ PODPÓLIA

Conforme sugere o subtítulo, *Até onde chega a sonda* foi escrito na Casa de Detenção, em 1939.* Pode-se pensar, portanto, que essa obra inacabada é apenas um diário de sobrevivência, uma forma encontrada por ela para expressar seu pranto. O texto deixa entrever a situação-limite em que a autora se encontrava. Trata-se de uma escrita de fluxo, sem começo, meio e fim, alimentada pelo desespero de anos extenuantes de prisão, que incluiu tortura física e psicológica. As imagens apocalípticas, profundas, que parecem ter sido vislumbradas por alguém à beira da loucura, são densas e poéticas. Ela mesma anteviu que poderia ser lida como louca, e através da escolha de uma das epígrafes, adverte: "Quando tenta-se falar a outros o que se passa todos olham-nos com terror e estupefação. No rosto inquieto eles descobrem sintomas de loucura para terem o direito de nos repelir".**

Em busca de decifrar este escrito prisional, o melhor então é deixarmo-nos contaminar pelo próprio procedimento de sondagem, investigação, que Patrícia indica no título, e que viria a explicar em *Autobiografia precoce*: "Seria bom se eu tivesse o poder de ver as coisas com simplicidade, mas a minha vocação grand-guignolesca me fornece apenas a forma trágica da sondagem. É a única que permite o gosto amargo de novo. Sofra comigo".***

---

* Em 1939, Patrícia estava no setor político da Casa de Detenção no Rio de Janeiro. Um pedido da família de transferência para São Paulo, devido às suas condições de saúde, foi atendido e ela foi levada para a Casa de Detenção de São Paulo em julho de 1939, de acordo com o Prontuário Patrícia Galvão, n. 1053, Fundo Deops, Arquivo Público do Estado de São Paulo (Apesp).

** Ver, neste volume, p. 53.

*** Patrícia Galvão, *Pagu: autobiografia precoce*, op. cit., p. 10.

Esse depoimento pode ser uma chave para *Até onde chega a sonda* porque "vocação grand-guignolesca" e "forma trágica" são expressões que remetem ao universo teatral. Primeiro pela citação de grand-guignol, tipo de espetáculo que evoca pavor e horror, e, depois, pela tragédia, esse gênero em que um herói faz os espectadores sentirem horror e piedade, e que pode acabar em morte. É assim que nos sentimos ao ler esta obra. Além disso, a própria forma parece apontar para uma dramaturgia. Se considerarmos que ela é dividida em cinco partes, temos: uma parte poética que poderia ser entendida como um prólogo, os monólogos "No subterrâneo" e "E o homem subterrâneo foi criado", as possíveis dez "cenas" de "Diálogo com o homem subterrâneo" e, por fim, "Correspondência", esta sendo a parte que mais sugere inserções autobiográficas.

Mas, caso este não seja um projeto dramatúrgico, levados pela afirmação "o gosto amargo de novo", supomos estar diante de um texto experimental. Pelo seu caráter vanguardista, talvez ela estivesse provando um novo formato. Um diário prisional muito diferente, algo nada simples, gérmen de ideias e propostas vívidas. Talvez o texto tenha se mantido nos seus arquivos como uma fonte seminal, a conservação de uma escrita-escarro, substância densa e turva que reverberaria ao longo de sua escrita na década de 1940. Ela talvez tenha desejado rearranjá-lo, editando-o, reordenando partes ou fazendo poucos acréscimos.

De todo modo, não se pretende aqui fixar uma interpretação definitiva, muito menos dar conta de toda a profundeza do texto de Patrícia. A ideia é lançar luz sobre as várias camadas, compartilhando o caminho das pedras por nós percorrido até o subterrâneo, sempre obedecendo aos rastros por ela deixados: "Você segue a mesma escada sem degraus que eu sigo".*

---

* Ver, neste volume, p. 57.

A respeito dessa metáfora da escada que surge de diferentes formas nessa primeira parte não nomeada, pode-se supor que fosse uma referência a Oswald de Andrade, que em 1934 lançara *A escada vermelha*, a terceira parte da trilogia que chamou em 1941 de *Os condenados*. Oswald homenageia Patrícia com a personagem Mongol, ficcionalizando a história dela enquanto estiveram juntos:

> Era uma revolucionária militante ligada ao subterrâneo humano da Terceira Internacional.
> Tomara o poder com Bela-Kun na Hungria. Fora torturada na China, atirada e ferida pela polícia burguesa nas ruas de Berlim.
> [...]
> Com essa mulher integral, livre, renovar a vida, agora consciente.
> Pela primeira vez alguém lhe falara que havia um mundo, a pátria organizada de todos os revoltados, de todos os oprimidos, de todos os condenados da sociedade burguesa.

Mais adiante, para finalizar essa ficcionalização como homenagem, ele se despede da personagem com todas as glórias:

> Tivera uma cura total, ao lado dela [Mongol]. Saíam, viajavam, conhecendo caminhos, cidadezinhas e pequenos hotéis e deixando por onde passavam manifestos vermelhos. [...] Viveram dias perfeitos. E uma tarde, corajosa e simples como viera, a moça agitadora partiu.[*]

---

[*] Oswald de Andrade, *A escada vermelha*. 3ª ed. Rio de Janeiro: Civilização Brasileira, 1978, pp. 276, 282.

O verso "E seguirei a estrela de absinto", do texto de Patrícia, reitera essa interlocução com Oswald, já que ela parece evocar o segundo romance da tríade, *A estrela de absinto*. E o diálogo não para por aí, uma vez que diversas vezes ao longo do texto ela cita *As flores do mal*, de Charles Baudelaire, tal como faziam os personagens de Oswald em *Alma*, na primeira parte de *Os condenados*.*

O manuscrito tem várias outras interlocuções, uma delas a primeira epígrafe de *Até onde chega a sonda*, do livro *Dostoiévski e Nietzsche: a filosofia da tragédia*, de 1903, do filósofo existencialista ucraniano Lev Chestov. Nunca publicado no Brasil, o livro foi lido em francês e despertou o pensamento acerca dos vários temas do manuscrito, anunciando a região da tragédia, onde ele vai ser encenado:

> Há uma região no espírito humano que nunca é visitada voluntariamente. É a região da tragédia. O que há entre se pôr a pensar, a sentir, a desejar de uma forma diferente da de antes. Tudo o que é caro à maioria dos homens, tudo o que lhes interessa lhe é então indiferente, estranho. Algumas vezes tem-se consciência do horror da situação. Quer-se fazer tudo voltar como antes. Mas todas as estradas de volta estão interditas. Tem-se que ir para a frente, na direção de um futuro desconhecido e terrível. Os sonhos da juventude agora parecem falsos, mentirosos, impossíveis. Cheio de ódio arranca-se do coração a fé, o amor. [...]**

Entre outros temas, Patrícia antecipa nas epígrafes a busca pela verdade, a dicotomia entre racionalidade e subjetividade,

---

* Oswald de Andrade, *Os condenados*. 3. ed. Rio de Janeiro: Civilização Brasileira, 1978, p. 276.

** Ver, neste volume, p. 53.

a falácia do cientificismo, a angústia da consciência e, é claro, Dostoiévski. Traduzida atualmente em português como *Memórias do subsolo*, em 1939 a novela ainda não havia sido publicada no Brasil.* Entretanto, tratava-se de um texto "conhecidíssimo, e que passava por uma investigação cerrada feita pela crítica literária brasileira".** Vale mencionar que, entre 1936 e 1937, Dostoiévski foi o autor russo mais publicado no país.

Nesse contexto de grande interesse no autor, Patrícia leu *Memórias do subsolo* em francês, cujas diversas traduções, em geral, usaram a palavra "souterrain", subterrâneo em português. Tanto no texto do autor russo quanto no de Patrícia a primeira parte é chamada de modo similar: "No subterrâneo" em um, "O subsolo" em outro. Mas não é somente isso que aproxima ambas as obras. Ao sondar a relação entre os dois, vê-se que Patrícia abre o texto com "Poderá o homem consciente de si mesmo realmente se respeitar", que coincide com Dostoiévski em "Pode porventura o homem consciente respeitar-se um pouco sequer?".***

Em *A famosa revista* há um trecho intitulado "Zapíski iz podpólia", título original da novela russa. Rosa, a personagem alter ego de Patrícia, está presa. E está corroída tal como a Mulher de *Até onde chega a sonda*, apresentada de modo muito próximo ao que faz o narrador dostoievskiano. A Mulher diz que é uma "chaga", um "sorriso mau e dolorosamente incompreensível", enquanto o narrador de *Memórias do subsolo* diz que ele

---

* A primeira tradução brasileira, feita por Rosário Fusco, foi intitulada *O espírito subterrâneo* e publicada em 1944 (Rio de Janeiro: Espasa). Cf. Bruno Gomide, *Dostoiévski na rua do Ouvidor: a literatura russa e o Estado Novo*. São Paulo: Edusp, 2018, p. 434.

** Id. Ibid., p. 62.

*** Fiódor Dostoiévski, *Memórias do subsolo*. Trad. de Boris Schnaiderman. São Paulo: Editora 34, 2022, p. 28.

é um homem "doente", "mau", "desagradável", e que seu interlocutor certamente não compreenderá isto.*

Ao longo do texto, outras semelhanças vocabulares e semânticas vão se acumulando, por exemplo as imagens de lama/lodo, tremor, invólucro/casca, esbofetear/bofetadas, monstruosidade, luta, esmagamento, a ideia de que, mesmo sem conhecer o próprio rumo, é preciso seguir (em Patrícia, "não sei para onde vou. Mas irei" e em Dostoiévski, "o principal não está em saber para onde se dirige, mas simplesmente em que se dirija"). A própria ideia de repúdio à racionalidade e aceitação do inconsciente, da essência irredutível do ser humano, daquilo a que Nietzsche se referia como resgate das forças instintivas do ser humano, que permitiu a *Memórias do subsolo* mudar o paradigma da literatura ocidental, está vibrante e é o solo e o ponto de partida do manuscrito de Patrícia.

Se na segunda parte, intitulada "A propósito da neve molhada", o homem do subsolo de Dostoiévski trata do amor, entre outras questões do anti-herói, e se indaga se seria digno de ser amado por Liza ou não, é como se *Até onde chega a sonda* o respondesse na parte "E nasce o homem do subterrâneo". Nela, a personagem declara seu amor. A menção à submissão também parece uma resposta, uma vez que na novela de Dostoiévski "o amor consiste justamente no direito que o objeto amado voluntariamente nos concede de exercer tirania sobre ele".**

Nesse processo de diálogo e réplica, espécie de versão negativa do livro bíblico "Cântico dos Cânticos", vale ainda mencionar que o homem do subsolo dostoievskiano afirma: "Para a mulher é no amor que consiste toda a ressurreição; toda a salvação de qualquer desgraça e toda regeneração não podem ser reveladas de outro modo", enquanto a personagem Mulher responde "Tu

---

* Ibid., p. 15.
** Ibid., p. 142.

me ressuscitaste. Tu me tiraste do túmulo em que eu havia me encerrado". Além disso, o amor aqui tem diversas possibilidades de interpretação. Ele tanto pode ser o desejo de ser libertada da condição extenuante da autora, como uma maneira de não ser compreendida pelos algozes.

A segunda epígrafe de *Até onde chega a sonda*, em latim, é um trecho de verso do poeta romano Ovídio, igualmente citado por Jean-Jacques Rousseau na epígrafe de seu *Discurso sobre as ciências e as artes*: *Quia non intelligor illis*, algo como "Eles não me compreendem". A frase inteira é: *Barbarus hic ego sum, quia non intelligor illis*, "Aqui eu sou o bárbaro, eles não me compreendem". No fim da parte "Diálogo com o homem subterrâneo", o homem diz: "Ninguém nos entenderá e será esse o nosso triunfo". Ainda que Patrícia não pudesse se expressar, aos incompreendidos é necessário dizer, falar, escrever. Botar o subterrâneo para falar. Em *Memórias do subsolo*, o narrador expressa esse jorro: "Estou certo que nossa gente de subsolo deve ser mantida à rédea curta. Uma pessoa assim é capaz de ficar sentada em silêncio durante quarenta anos, mas quando abre uma passagem e sai para a luz, fica falando, falando, falando...".

Acerca desse estilo, Boris Schnaiderman, tradutor de *Memórias do subsolo*, diz: "[...] aquela subjetividade agressiva e torturada do narrador-personagem, o seu discurso alucinado, sua veemência desordenada, o fluxo contínuo de sua fala, que parece estar sempre transbordando, pode ser ouvido por trás da obra de muitos escritores da modernidade".[*] Patrícia Galvão é um deles.

Ao estabelecer diálogo com *Memórias do subsolo*, o texto de Patrícia também aborda a questão do contato com o que Freud

---

[*] Ibid., p. 11.

chamou de inconsciente. O "homem subterrâneo" é a subjetividade íntima da personagem, a mesma do homem de Dostoiévski. Trata-se de um contraponto à racionalidade, ao "mundinho feio e vil", à ciência e à morte. É o símbolo de renúncia do indivíduo iluminista ocidental, a ressurreição de ser quem se é. Quando ela encontra esse lado em si, isto é, entra em contato com seu próprio homem subterrâneo, ocorre a iluminação:

> Dá-me tuas mãos. Quando eu as tenho, quando elas repousam nas minhas tudo é claro e luminoso.
>
> E tu estás tão viva! Tu me falas em amor, em dor, em alegria, em tudo aquilo que é a vida de nosso mundo! E então eu te quero toda. Já nós não poderemos morrer porque já nós temos tudo! Mas para os mortos, para todo este mundinho feio e vil nós vivemos morrendo e quanto mais morrermos mais claro e mais luminoso será o caminho.*

ANGUSTIADA E ARQUEJANTE

Não é descabido supor que ela estava interessada nesse tema, uma vez que tinha sido "educada em Freud pela antropofagia".** Em sua biblioteca havia um volume em espanhol de *Introdução à psicanálise*, e, após sair da detenção, mais de uma vez ela chamou Freud de "mestre da renovação mental" e afirmou que ele "sacudia o sono do mundo", enfatizando a importância da psicanálise para a literatura.*** No centenário de aniversário de

---

* Ver, neste volume, pp. 71, 73-4.
** Antonio Risério apud Augusto de Campos (2004), op. cit., p. 38.
*** Ibid., p. 323.

Freud, em 1956, redigiu com Geraldo Ferraz uma grande matéria-homenagem a ele no jornal *A Tribuna*, de Santos.

Mais de quinze anos antes, em 28 de maio de 1939, presa, escrevera uma carta ao pai pedindo que solicitasse a Geraldo a edição do livro *L'État d'angoisse nerveux* [Estados nervosos de angústia], de Wilhelm Stekel,* psiquiatra austríaco discípulo de Freud. Não sabemos se ela recebeu o exemplar, mas certamente estava elaborando a angústia.

No manuscrito, a angústia aparece reiteradas vezes como um estado que leva ao contato com o subterrâneo: "Esta angústia não me destruirá porque vem de ti", "São rajadas de dor e de intranquilidade. Convergem de ti, chicoteando-me sobressaltos e angústia, a mesma angústia que eu percebo em ti, que nunca dissiparemos porque nunca admitiremos que se dissipe". E surge da falta de explicações: "Penso que é da impossibilidade de explicação que deriva a maior angústia".**

A noção de angústia como um sentimento advindo da incerteza, da impossibilidade ("Não é a consciência da impossibilidade que produz esta angústia?"),*** é, inclusive, um princípio da filosofia existencialista de Kierkegaard, de cujo livro *Etapas*, mais tarde, em 1955, Patrícia traduz excertos. É curioso devanear que o filósofo dinamarquês foi associado à corrente do absurdismo, cujo símbolo, Sísifo, pode ser lembrado pela proeminência de pedras em algumas passagens de *Até onde chega a sonda* ("Eu sou uma pedra arrancando outras pedras que rolam sobre mim", "Sangra o meu corpo exausto, quando chego à porta do teu templo que fica no alto da montanha fragosa...").****

---

* Ibid., p. 431.
** Ver, neste volume, pp. 90, 94-5.
*** Ibid., p. 96.
**** Ver, neste volume, pp. 60, 88.

A título de curiosidade, outro existencialista, o escritor francês Albert Camus, escreveu em *O mito de Sísifo* (1942) a respeito de Lev Chestov:

> Chestov [...] demonstra sem trégua que o sistema mais fechado, *o racionalismo mais universal, sempre acaba batendo no irracional do pensamento humano*. Não lhe escapa nenhuma evidência irônica, nenhuma contradição ridícula que desvalorize a razão. Apenas uma coisa lhe interessa, a exceção, seja na história do coração ou na história do espírito. *Através das experiências dostoievskianas do condenado à morte*, das aventuras exasperadas do espírito nietzschiano, das imprecações de Hamlet ou da amarga aristocracia de um Ibsen, ele rastreia, ilumina e magnifica a revolta humana contra o irremediável. *Nega à razão suas razões e só no meio de um deserto sem cor, onde todas as certezas se transformaram em pedras, e começa a dirigir seus passos com alguma decisão.**

Esse comentário nos conecta diretamente com o universo de temas e imagens do manuscrito. E quão conectada no debate erudito literário-filosófico-cultural público estava sua autora, mesmo encarcerada. Mostra quão fundo chegou a sonda. Chestov, Dostoiévski, Freud, Kierkegaard, Nietzsche e até Pascal, que a personagem Mulher menciona ler, mostram a profundidade filosófica da obra. Em outra crônica de 1947 da série *Cor Local*, "Vivo e é doce, doce e leve", por exemplo, assinada pelo seu pseudônimo Pt, menciona filósofos em consonância com o manuscrito: "Ah! Os precursores loiros, a nostalgia de Novalis, o suicídio de Kleist, a loucura de Nietzsche, a fuga de Kierkegaard, o si-

---

* Albert Camus, *O mito de Sísifo*. Trad. de Ari Roitman e Paulina Watch. Rio de Janeiro: Record, 2019, p. 29. Grifos nossos.

lêncio de Rimbaud. Vêm nos quatro ventos, a voz subterrânea, a febre de Kafka [...]".*

Depois que sai da prisão, as questões existenciais, essa busca pelo cerne da vida, a verdade da existência, passam a percorrer vários dos textos da autora. A crônica de 1942 "The Tempest", assinada por Ariel, pseudônimo dela — provavelmente inspirado no personagem de Shakespeare da peça homônima —, trata de um sonho com um homem que não falava "a linguagem dos homens", cujos "olhos carregavam a gélida expressão dos anunciadores, mas as asas decadentes eram negras e frequentava comigo, no meu pesadelo, um hospital de alienados". O discípulo do homem, autor da crônica, pede aos "senhores do sanatório" que deixem esse visionário, no passado poeta, "falar para o mundo a linguagem da verdade. Mas vieram-me também com injeções silenciadoras".

O texto termina com o narrador deixando o consultório:

> O velho facultativo, o mais complacente de nossos inimigos, exorcizou-me paternalmente:
> — Fale a linguagem dos mudos.
> E ao notar no meu dorso as premissas de anormalidade, acrescentou:
> — E corte as asas.**

Ainda que esteja arquejante, esmagada, ela é irredutível. A sua escrita não deixa de ser o desenho de seus voos abismais, para dentro ou para fora de si, no vazio, no mundo. Ela os lança ao papel, como nessa passagem de *Até onde chega a sonda*:

---

* Augusto de Campos, op. cit., p. 202.
** Patrícia Galvão (Ariel), "The Tempest". *A Noite*, São Paulo, 31 ago. 1942.

[...] não percebo nenhum sinal de resignação. Antes revolta. E uma revolta dinâmica lutando com intensa energia contra as impossibilidades. Não admito a derrota. Não aceito o esmagamento. Não entregarei os pontos à impotência. Prefiro continuar arquejando. Tenho que me atirar a qualquer coisa, realizar qualquer coisa ainda que seja monstruosa. Por que aparentar uma paciência que não tenho? Uma resignação estoica que não admito? A resignação é imoral para mim. Não sei para onde vou. Mas irei. Não posso permitir que qualquer coisa "chegue". Tenho que "ir" a seu encontro.*

ABISMOS E ASAS

A imagem do abismo é evocada logo nas primeiras linhas de *Até onde chega a sonda*:

> Quando conseguirei libertar-me das certezas e atirar-me no abismo?**

> Há cachoeiras de fogo. Outras vezes eu não sei o que é que me alucina de velocidade, me ergue, me estende, me arrebata para baixo, para cima, me abre e me atira em abismos. Eu sou uma pedra arrancando outras pedras que rolam sobre mim, me rolando, pedras vivas com unhas, braços que me apertam, que me ferem, que me desfiam, reproduzindo sensações que me transformam, me transformam ainda. Eu sou um urro sem ponto de apoio.***

---

* Ver, neste volume, pp. 97-8.
** Ibid., p. 55.
*** Ibid., p. 60.

Em outras crônicas, poemas e em *A famosa revista* ela retomou esse tema da sensação de quase morte abismal, um despenhadeiro de pedras:

> Vejam vocês — lembro-me de uma excelente oportunidade para morrer que tive em minha vida. Estive sobre um abismo, pisando numa pedra solta que a cada segundo ameaçava correr... Vi a morte bem nos olhos. Tive-lhe medo. Agora eu sinto de novo a morte debaixo dos pés... As grandes pedras estão soltas e deslizam... Estarei fazendo literatura? Riu-se de novo, e era enormemente triste o largo riso.[*]

E as imagens literárias também se originam da experiência radical incomum para uma mulher no final dos seus vinte anos naquela época. Num outro trecho de *A famosa revista*, a imagem do despenhadeiro aparece na seção "Pedras soltas". São lembranças de uma viagem de Rosa, personagem alter ego, que, como Patrícia, esteve em Kobe:

> Perguntou de novo pela sua existência, mas via-se agarrada à pedra enorme, quebrando as unhas, lascando os dedos já em sangue, crispando toda a sua resistência, antevendo o desabamento... Fora no monte Roko, perto de Kobe. Argente[**] a acompanhava naquela excursão banal no ponto aproveitado para alpinismo. Sempre apreciara subir às altitudes com o próprio esforço dependendo apenas da garra de ferro... A certa altura advertiram-nos que não seguissem por ali, havia pedras soltas. Riram Rosa e Argente com a despreocupação juvenil da idade. Qual pedras soltas, lá foram.

---

[*] Patrícia Galvão e Geraldo Ferraz, *A famosa revista*. São Paulo: Cintra, e-book.

[**] Argente talvez seja uma evocação de Raul Bopp, o amigo que a recebeu em Kobe quando exercia o cargo de embaixador do Brasil.

A encosta vergava cada vez mais para eles numa demonstração de sua verticalidade. E Argente acabava de dar mais um passo na frente quando Rosa escorregou mal e parou dando um grito: segurou-se a uma reentrância. "Quase!" Ria muito branca. Pela encosta os torrões rolavam batendo nas pedras até lá embaixo.*

Nas suas memórias ela não fala do monte Roko, mas lembra sua viagem a Kobe e a recepção generosa de Raul Bopp, então embaixador do Brasil no Japão. O abismo aparece quando ela é sentinela armada na convenção de 1932 do PCB no interior do Rio de Janeiro: "Corri como uma doida por aquelas pedras que rolavam na minha passagem, caindo lá embaixo no abismo".**

Anos mais tarde, numa crítica de 1951 à encenação do texto de Eugene O'Neill *Todos os filhos de Deus têm asas* pelo Teatro Experimental do Negro de São Paulo (TENSP) — dirigido por Geraldo Campos de Oliveira e inspirado no Teatro Experimental do Negro criado por Abdias Nascimento no Rio de Janeiro —,*** o abismo reaparece relacionado às asas, são dois elementos interdependentes. Naquele ano, versos recém-publicados de Cassiano Ricardo no livro *A face perdida* geraram o mote e são citados no texto.

Fiz-me poeta e colei uma asa ao ombro.
E fiz um novo abismo, aos meus pés — cismo —
O obrigatório abismo de quem voa.
Foi o abismo que criou a asa ao pássaro; agora
Foi a minha asa que criou o abismo.****

---

* Patrícia Galvão e Geraldo Ferraz, op cit.
** Patrícia Galvão, *Paixão Pagu: a autobiografia precoce...*, op. cit., p. 101.
*** Mario Augusto Medeiros da Silva, "Teatro Experimental do Negro de São Paulo, 1945-66". *Novos Estudos Cebrap*. São Paulo, v. 41, n. 2, maio-ago. 2022.
**** Patrícia Galvão, "Todos os filhos de Deus têm asas". *Jornal de Notícias*, 6 jun. 1951, p. 7. Agradecemos ao sociólogo Mário Medeiros pela indicação desse texto.

Patrícia retoma um tema da sua própria poética juntando teatro, crítica e poesia, algo muito próprio da sua escrita. Para ela, os integrantes do TENSP possuíam asas "porque se lançaram sobre um abismo e não caíram nas funduras abertas sob os seus pés". Algo que ela perseguiu ao longo de sua escrita e vivência. Entusiasmada com a peça — a despeito do público diminuto e da precariedade da produção —, comemorou o fato de um grupo composto por operários e gente do comércio levar a cabo a encenação de um texto de um grande autor estadunidense, enfrentando obstáculos como o fato de uma atriz iletrada precisar decorar seu papel oralmente.*

Semanas depois, o mesmo jornal anunciou que o grupo iria encenar a peça de William Faulkner *Luz em agosto*, dirigida por Patrícia, com a mesma temática da tensão racial nos Estados Unidos da obra anterior. O projeto não aconteceu, mas mostra mais uma vez os caminhos vanguardistas e marginais que Patrícia optou por percorrer. A partir da década de 1950 até sua morte, ela se dedicaria também ao teatro, traduzindo e dirigindo várias peças, como *A cantora careca*, de Eugène Ionesco, *A filha de Rappaccini*, de Octavio Paz, com quem passou a se corresponder, e, segundo Sergio Lima, até uma peça de Leonora Carrington!** José Celso Martinez Corrêa rememorou pouco antes de morrer o encontro com ela no Festival de Teatro de Santos em 1958, primeiro ano do Teatro Oficina:

> Havia um monte de aplausos, a Pagú já estava bem velha e muito bêbada. Na premiação, ela montou em mim como se fosse um

---

* Ibid.

** Sergio Lima, "Notas acerca do movimento surrealista no Brasil". In: Michel Lowy, *A estrela da manhã. Surrealismo e marxismo*. São Paulo: Boitempo, 2018, p. 127.

bicho-preguiça, com aquele bafo de álcool, e não me soltava mais. Senti que ela me deu um passe naquele dia. Senti que, realmente, eu estava certo naquilo que tinha que fazer.*

Reconhecer prontamente ícones da cultura brasileira logo no início de suas carreiras confirma sua obstinação e suas antenas para a vanguarda. Só alguém que sondava a novidade, o risco, poderia alinhavar o Teatro Experimental do Negro (SP), o Teatro Oficina e Plínio Marcos. Em 1959, dirigindo teatro amador em Santos, Patrícia descobriu o dramaturgo que atuava como palhaço num circo. Plínio lhe mostrou *Barrela* — que ela qualificou como "um diálogo tão poderoso quanto o do Nelson Rodrigues" — e ali começou sua carreira na dramaturgia.** Patrícia foi atravessando as décadas olhando para a cultura local e mundial, identificando aqueles que rompiam o comum. E, voltando para a região da tragédia de *Até onde chega a sonda*, Martha Nowill adaptou o texto para o teatro em 2022, mesmo antes de virar livro, indo ao encontro do anseio cênico de Patrícia Galvão.***

Há uma outra história que envolve asas — ou pelo menos anjos — e que é um duo poético dela com Augusto de Campos. Ela publicou num jornal, em 1948, o poema "Natureza-morta", assinando com seu pseudônimo Solange Sohl, "uma poeta es-

---

* Humberto Maruchel, "Os 65 anos do Teatro Oficina — Memórias da Ditadura". *Bravo!*, 16 jan. 2023. Disponível em: <bravo.abril.com.br/teatro/teatro-oficina-ze-celso-historia-ditadura/>. Acesso em: 12 jul. 2023.

** "Jogador, palhaço e dramaturgo". Entrevista de Plínio Marcos a Nelson de Sá. *Folha de S.Paulo*, Caderno Mais!, 4 jul. 1993.

*** *Pagú: Até onde chega a sonda*. Dramaturgia: Martha Nowill a partir do manuscrito de Patricia Galvão. Direção: Elias Andreato com Martha Nowill. Realização: Mil Folhas e Cubo Produções. São Paulo, 2022.

treante". Augusto de Campos leu o poema e, entusiasmado, escreveu outro para a misteriosa Solange. O primeiro nome era uma junção de "Sol" e "anjo" em francês. Anjos que sobrevoam a obra de Patrícia, em consonância com os abismos em que ela se lança. Mas o encoberto Sol do sobrenome, segundo Geraldo Galvão, tinha a intervenção de um h, se tornando Sohl, "sola" em alemão, o que traz essa estrela maior ao rés do chão.*

Ariel, o pseudônimo de Patrícia com nome de anjo, se refere a Solange na crônica "Historinha". O início de setembro de 1942, o terceiro ano da Segunda Guerra Mundial, é o pretexto para ele se lembrar de uma

> figurinha de mulher longínqua, criança de 15 anos mergulhada no gelo de um cemitério parisiense [...] estudava pintura em Paris, pobre e triste mas imperturbável d'ante dos obstáculos [...] Solange cedia sempre o seu prato aos exilados. Deve ter dado certamente todos os lugares disponíveis nos escaleres salvadores a todos os que necessitavam de refúgio em pacíficas plagas distantes. E Solange ficou em Paris. Esperou o nazismo para fitá-lo firmemente, para medi-lo ostensivamente com os seus olhos de fogo e metal. Os olhos que eram líquidos. E evidentemente foi esmagada quando cantava a liberdade.**

O período em que essa Solange está em Paris coincide, em parte, com o período pré-guerra em que Patrícia morou na ci-

---

* Augusto de Campos e outros poetas foram ao jornal procurar saber quem era a nova poeta. Geraldo e Patrícia disseram que ela preferia permanecer anônima. Campos, não a encontrando em carne e osso, lhe escreveu o poema "O sol por natural", publicado em *Noigandres* em 1951. Depois que Patrícia morreu, Geraldo Ferraz escreveu duas crônicas revelando quem era Solange Sohl.

** Ariel, "Historinha". *A Noite*, São Paulo, 4 set. 1942.

dade com o codinome Leonie, em 1935. Talvez ali tenha morrido a Patrícia otimista, alegre, juvenil e solar. A Patrícia que não foi esmagada por Hitler, mas, perto disso, pelo Estado totalitário brasileiro de então e pela orientação stalinista do PCB.*

AMOR-CAMARADAGEM, UMA LUZ NO SUBSOLO

Em *Até onde chega a sonda*, se há por um lado um abismo sem fundo e as asas estão quebradas, por outro, alguma mudança opera na última parte, "Correspondência". Continuando o diálogo entre o Homem e a Mulher da parte anterior, o homem subterrâneo parece se transfigurar em algumas passagens no homem de carne osso, especificamente Geraldo Ferraz. O Homem fala para a Mulher: "Mando-te esse livro de Dosto: inútil palavras, quero falar dele contigo. Li-o todo ontem. Me emocionou tanto, tanto que ao cabo tive que sair, andar, e andei muito, em pranto, nessas ruas imundas e desertas".** Geraldo a visitava na cadeia desde 1937, quando começaram uma relação afetiva. Na fuga da primeira detenção, foi ele quem a auxiliou. A correspondência do título parece nomear esse encontro entre grades que se tornará um amor para a vida. Não emulando um amor romântico, uma família pequeno-burguesa depois da borrasca, mas um amor que ao menos publicamente incluiu criação, apoio mútuo, e a atuação em dupla ganhando a vida como jornalistas, como a jovem anônima que escreveu para Olympio Guilherme sonhava lá nos anos 1920.

Depois que deixou a cadeia em 1940, Patrícia endereçou a Geraldo uma longa carta confessional, segregando-lhe vários episódios traumáticos de sua vida (mais tarde publicada como

---

* Ver bilhete/panfleto escrito por ela e apreendido, p. 129.
** Ver, neste volume, pp. 104-5.

Paixão Pagu: a autobiografia precoce...). Em seguida, em 1941, nasce o filho do casal, Geraldo Galvão Ferraz.

Nos anos 1940 e 1950, Patrícia e Geraldo escreveram um romance e trabalharam quase o tempo todo juntos em várias redações, editando cadernos de cultura que abordavam todas as artes. Legaram para o público geral um projeto cultural amplo nos diversos periódicos por onde passaram. Uma parte do diálogo do Homem e da Mulher já esboça essa ideia de escrever sobre grandes autores e traduzir trechos inéditos — algo que o casal realizará em seções inteiras de cultura em diversos periódicos, por anos. Em *Até onde chega a sonda*, o Homem entrega com entusiasmo um livro de Dostoiévski para a Mulher. Em seguida, em meio àquele diálogo dramático, ela lhe diz querer discutir a leitura de Blaise Pascal e seu comentador Chevalier. A Mulher está lendo e pensando no subterrâneo. Assim, por mais que à primeira vista pareça desconexo e por certo inacabado, *Até onde chega a sonda* é um projeto literário.

Quando Patrícia foi presa em 1936, entre os livros apreendidos estava *A nova mulher e a moral sexual*,[*] da líder revolucionária bolchevique Alexandra Kolontai. Nesse volume, a autora feminista russa discorre sobre a ideia do amor-camaradagem, um ideal perseguido por Patrícia, como podemos ler em suas memórias, e por muitas mulheres até hoje. Ao acompanharmos a história com Geraldo Ferraz, de 1937 até a morte de Patrícia em 1962, é possível vislumbrar esse ideal do amor que substitui o "absorvente e exclusivo amor conjugal da moral burguesa" e "está fundado no reconhecimento dos direitos recíprocos na arte de saber respeitar, inclusive no amor, a personalidade do outro, num firme apoio mútuo e na comunidade de aspirações coletivas".[**]

---

[*] Ver Lista de livros e documentos apreendidos em 1936, nos Anexos, p. 117.

[**] Alexandra Kolontai, *A nova mulher e a moral sexual*. São Paulo: Expressão Popular, 2011, p. 129.

A famosa revista, escrito pelo casal no Rio de Janeiro entre 1943 e 1944, começa assim, parecendo uma síntese dos anos em que eles se encontraram na prisão e depois constituíram um lar com seus sorrisos e suas feridas:

> Esta é a história de amor de Rosa e de Mosci: o protesto e a pedrada à voragem que proscreveu o amor. Quiséramos páginas claras de vida, cristalizadas à margem de um tempo achatado em planícies cortadas por trechos pantanais. Cristalizadas, irredutíveis. Na verificação porém dos dados do drama o protesto e a pedrada dirigidos à voragem passaram pelas provas ásperas e amargas e nas asas do sonho ficaram feridas e chagas, manchas e cicatrizes.[*]

O sonho de um companheiro ideal se cumpre não sem chagas. Na crônica "Romance", assinada por seu pseudônimo Ariel, lemos a história de amor entre um homem e uma mulher:

> Um homem e uma mulher seguiam a estrada.
> Não tinham cor e a idade indefinível perdia-se no espaço infuso. Eram apenas duas manchas móveis ressaltando dentro da vagarosa melancolia da noite e da lua doente. Emigrantes do mundo homiziaram-se na rota das possibilidades infinitas à procura de dilatação para seus anseios e continuidade para o seu excesso de vida.[**]

No enfrentamento do abismo, plenos de vida, voam com as asas feridas, um voo que não desiste de subir as montanhas, sob a "noite melancólica" e a "lua doente". Como na crônica "Lute!", de Ariel, que narra os conselhos de uma certa "Mulher" para a

---

[*] Patrícia Galvão e Geraldo Ferraz, op. cit.
[**] Patrícia Galvão (Ariel), "Romance". *A Noite*, São Paulo, 1º set. 1942.

jovem Lúcia, cheia de anseios com "grandes olhos de desespero" e que faz parte do mesmo grupo de pessoas: "esplendidamente fortes, desafiando o subterrâneo de suas vidas, na eterna luta contra as paredes e contra a escuridão". O cronista discorre em seguida sobre as experiências de uma "mulher"

> que com todas as condecorações da desgraça conseguiu entrar num novo mar depois de muitas lutas. É possível que continue ainda sonhando um pouco, mas é extraordinariamente feliz, tem um bebê e conseguiu amar. Mas às vezes quando eu a encontro no seu domínio na sua terra conquistada, lastimo os seus olhos muito brilhantes e desejaria ver nos lagos calmos aquelas crispações verdes de outrora, aquele tesouro de rios amargos, aquele imenso desejo de subir acima das montanhas. Na placidez de sua intimidade faltam as luzes criadoras e as flores soberbas antigamente fecundadas pela impaciência.
>
> Não perguntarei a você para onde vai. Mas desejaria que não se detivesse no círculo fechado das contemporizações ou que se vergasse ao natural colaboracionismo com o senso comum. Prefiro a guerreira. Desejaria ver sempre uns olhos enormes, imensamente tristes, acumulando todas as dores dos homens. E você prosseguindo a luta dos náufragos no alto-mar.*

A mulher que Ariel descreve para Lúcia corresponde em carne e espírito a Patrícia, que está "felicíssima" com seu amor e seu bebê, mas se reparte com o tempo triste e doloroso, o tempo de luta. Lúcia, como a Solange já descrita, é o duplo jovem de Patrícia. Depois de todos os vendavais, como os que enfrentou a personagem Mulher de *Até onde chega a sonda*, a palavra de ordem continua sendo "Lute!".

---

* Ibid.

NAUFRÁGIO

A luta dos náufragos é a luta de Patrícia Galvão. Naufragar não quer dizer se afogar. Quando o náufrago não se afoga, ele dá braçadas contra o mar para, quem sabe, chegar ou morrer na praia.

Anos mais tarde, no texto "Poema do naufrágio", dedicado a Murilo Mendes, ela retoma os protagonistas de *A famosa revista*. Depois de uma borrasca, Rosa dorme: "Mosci estende as mãos esfarrapadas e recolhe a nuvem da aurora e cobre o corpo da amada que é o corpo mutilado de mulher batida contra as vagas na tempestade e na noite".*

A experiência do passado anuncia um futuro terrível. E repetindo a frase luminosa de *Até onde chega a sonda*: "Não sei para onde vou. Mas irei. Não posso permitir que qualquer coisa 'chegue'. Tenho que 'ir' a seu encontro". Frase que também vai ao encontro da epígrafe de Chestov: "Tem-se que ir para a frente, na direção de um futuro desconhecido e terrível". E das palavras finais de *A famosa revista*: "Tateante a sonda da hipótese insistente não consegue eliminar nem o preto nem o branco. Treva. Não obstante é para frente que se vai. Enfrentando a treva".**

Em "Tratado", poema do mesmo ano de *Até onde chega a sonda*, 1939, mas publicado postumamente por Geraldo Ferraz em 1963, podemos ler esse sentido:

> Deus pôs sol no meu cabelo e neve em minhas mãos
>   Se te encanta a paisagem contraditória do meu ser,
>   Passeia sobre ela teu cansaço contemplativo.

---

* Patrícia Galvão, "Poema do naufrágio". Literatura & Arte, suplemento do *Jornal de São Paulo*, n. 3, 4 set. 1959.

** Patrícia Galvão e Geraldo Ferraz, op. cit.

Depois parte ou fica para sempre... (hás de ser sempre o Eleito!)
Mas — por favor! —
Não me perguntes nunca de onde vim, quem fui, para onde vou.*

E obedecendo aos versos de Patrícia, não perguntemos mais. É hora de fruir suas palavras. Sejamos o "vulgo" das palavras do juiz federal que a absolveu no processo de 1936, "sua atuação contra a ordem social é perigosa e pode se tornar perniciosa, graças a sua inteligência, atividade e atração — que, no vulgo, despertam mulheres revolucionárias".** Essa frase foi citada pelo delegado do Deops, de São Paulo, recomendando ao seu superintendente que ela continuasse presa, e assim ela continuou apesar da sentença do juiz, e provavelmente esse temor se estendeu ao Supremo Tribunal Militar*** que meses depois a condenou: o fascínio que exercia oferecia perigo social.

Ler Patrícia Galvão é fundamental para nos livrarmos da mitomania e dos fetichismos em torno de sua figura. Nós mesmas fomos enredadas inúmeras vezes. Como se pode ver, são muitas as possibilidades que se abrem com este manuscrito e é preciso que haja mais lanternas nesse subterrâneo, a fim de que possamos conhecer ainda mais Patrícia Galvão. Este ensaio nos fez suar a camisa, perturbou nosso sossego, nos fez reler muitos de seus textos, procurar por outros ainda inéditos em livro para sondá-la. Terminamos até onde chegou a sonda. Talvez pela própria inconclusão do texto que o inspira, talvez pelo espírito errante e combativo da autora. Talvez porque sua obra nos ponha em contato com nosso subterrâneo. E isso não é agradável. Mas é fundamental. Afinal, o mo-

---

* Patrícia Galvão, "Tratado". *A Tribuna*, Santos, 19 maio 1963, p. 28.
** Prontuário 1053, Patrícia Galvão. Fundo Deops/SP/Apesp.
*** Ibid.

nólogo de abertura nos indaga: "Para quê procurar o finito no infinito"?

SILVANA JEHA
É doutora em História pela PUC-Rio. Escreve sobre história das mulheres, dos marinheiros, da tatuagem, arte e loucura e escravidão. É autora de Uma história da tatuagem no Brasil *(Veneta, 2019) e, junto com Joel Birman, de* Aurora: memórias e delírios de uma mulher da vida *(Veneta, 2022).*

ELOAH PINA
É editora e mestre em literatura e cultura russa pela Faculdade de Filosofia, Letras e Ciências Humanas da Universidade de São Paulo (FFLCH-USP).

Até onde chega a sonda*

Casa de detenção, 1939

---

* A presente edição se baseou integralmente no manuscrito pertencente
à Coleção Rafael Moraes. Há outra versão da obra, intitulada *Microcosmo.
Pagu — 1939 e o homem subterrâneo. Correspondência*, depositada no Centro
de Estudos Pagu Unisanta (Santos, SP). Todos os esforços foram feitos a
fim de consultar seu fac-símile, porém sem sucesso, o que impossibilitou um
estabelecimento de texto baseado na leitura comparativa das fontes.

Até onde chega a sonda.

Taqui
Casa de Detenção
1939

Há uma região no espírito humano que nunca é visitada voluntariamente. É a região da tragédia. O que há entre se pôr a pensar, a sentir, a desejar de uma forma diferente da de antes. Tudo o que é caro à maioria dos homens, tudo o que lhes interessa lhe é então indiferente, estranho. Algumas vezes tem-se consciência do horror da situação. Quer-se fazer tudo voltar como antes. Mas todas as estradas de volta estão interditas. Tem-se que ir para a frente, na direção de um futuro desconhecido e terrível. Os sonhos da juventude agora parecem falsos, mentirosos, impossíveis. Cheio de ódio arranca-se do coração a fé, o amor. Quando tenta-se falar a outros o que se passa todos olham-nos com terror e estupefação.

No rosto inquieto eles descobrem sintomas de loucura para terem o direito de nos repelir.

Quia non intelligor illis.

*Poderá o homem consciente de si mesmo realmente se respeitar?
Quem pode respeitar a impotência e a insignificância?*

E COM A CIÊNCIA JUSTIFICO a covardia e o medo ao infinito.

Eu só posso rir do sentido. O que sabem vocês pobres-diabos manejados por palavras que têm sentido?

Para quê, tudo?

Continuo me esfregando no mundo prisioneira dessa porcariazinha que se chama ciência. Quando conseguirei libertar-me das certezas e atirar-me no abismo?

Axiomas? Para quê? Estar certo? Certeza de todo o mundo? Mas eu sou maior do que o mundo. Por que isto há de ser mundo se eu não quero que seja mundo? Por que isto há de ser vida se eu não quero que seja vida?

Percebo a ausência do espaço.

Não estar presa a nenhuma lei. Ser nada. Não ser. Por que não destruir o objeto? Por que continuar presa à vida afetiva? Por que depender de minha necessidade?

Quem é essa lesma que se atreve a dirigir-me a palavra? Quem é essa gosma vil, rastejante, empafiada da imundície que se chama consciência, cheia de glória de ser escrava que vem me declarar: "Você precisa repousar, isto é neurastenia...". Por que não chicotear este escravo que ousa dirigir-me a palavra! E por que não chicotear-me a mim mesma por continuar humana, por recusar ser Deus?

Para quê? Para quê procurar o finito no infinito.

Por que fincar barreiras quando eu tenho toda extensão para voar? Aceitar este servilismo a coisas fixas, a leis, a dogmas. Existe por acaso diferença de valor entre dogmas? Não é tão prisioneiro o religioso como o cientista? Não é tão escravo o cético? Não é tão homem o homem?

Ter que obedecer ao tremendo grilhão.

Tire de mim estes olhos. Olhos de cão.

Eu quero o que não existe.

Nem mesmo a não solução é solução. A exaltação da dúvida nada mais é que uma justificativa pirandeliana para se continuar na lama quando se é um urro sem ponto de apoio.

E seguirei a escada sem degraus.
Recolherei a estrela de absinto
Receberei o ridículo e o infame
Reduzirei meu cérebro e meus sentidos.
Farei desaparecer o humano
E subirei e subirei.

Transporei todos os limites
Escravizarei a matemática

Tomarei o poder à ciência
Dominando todas as leis universais.
Negando todas as leis universais
Se serei a soberania do infinito
Que possui a indiferença pelos dogmas
que se ri da fé.

Eu quero ficar só
onde não haja terra
onde não haja espaço

Destruir este monte de minerais
Com a única finalidade
de destruir este monte de minerais

Eu conheço tua história
Eu compreendo tua história
A história da vida que não existe
Você se chama gênio
Você se chama poeta
Mas eu sei que você não existe.
Você segue a mesma escada sem degraus que eu sigo.

Sacrifício da lama no meu altar.
E acendi o fogo no meu altar.
E ali fui botando o que tinha
A fé
A ciência
Os sentidos.
A mãe
A mulher

Os dogmas
Os mitos.
Não havia altar
Só existe o fogo
queimando a natureza
depois não existe mais o fogo.

Você Li Yen Cheng[*] compreendeu um
pouco a beatitude da incógnita amarga
que ninguém acha.
Você é capaz de deixar o Yantsé
levar a natureza sem o menor gesto
humano
Por isso você ri de Deus e dos livros

Os meus olhos não veem
O meu corpo não sente
A ação está morta
Eu petrificada e viva
Caminhando para o nada
High Lama!

Veio a hora da vida
e eu dancei
Não havia arte, não havia cor, nem ambiente
Não havia ódio nem amor, nem sexo e nem corpo.
E eu dancei a dança da vida.

---

[*] Possível referência a Li Ching Yuen, mestre taoista chinês que supostamente teria vivido mais de duzentos anos.

"*Ô Mort, vieux capitaine, il est temps!*"*

Sim eu vejo suas longas mãos
Eu nunca pensei que houvesse mãos
Os obstáculos são tantos para eu beijar estas mãos

Há tanta coisa excitante que deixas
Há tanta coisa falsa pra gozar
E há ainda a realizar a experiência
das coisas que não experimentei

Mas estas mãos sem forma
que nada me oferecem
Continuam me acenando
E me encantando

Todos os loucos ririam se soubessem que são loucos.

Era uma mulher como as outras
Até a hora da morte de todas as noites
em que recomeçava a viver.
Um dia estourou os miolos
Todo o mundo teve pena.

---

* Citação de Charles Baudelaire, "A viagem". In: *As flores do mal*. Em português, "Ó Morte, é hora, velho capitão!". Trad. de Júlio Castañon Guimarães. São Paulo: Penguin, 2019, p. 427.

No subterrâneo

Há cachoeiras de fogo. Outras vezes eu não sei o que é que me alucina de velocidade, me ergue, me estende, me arrebata para baixo, para cima, me abre e me atira em abismos. Eu sou uma pedra arrancando outras pedras que rolam sobre mim, me rolando, pedras vivas com unhas, braços que me apertam, que me ferem, que me desfiam, reproduzindo sensações que me transformam, me transformam ainda. Eu sou um urro sem ponto de apoio.

Tudo é infinitamente negro ou torturantemente brilhante e há manchas de todas as cores saindo dos meus olhos e de meu cérebro que são os meus próprios olhos ou o meu próprio cérebro que depois não são manchas mais.

São pedras se contorcendo, são dentes que estalam de passividade ou se alongam em milhões de metros de cordões já então maleáveis mas pegajosos como tiras de veludo de sangue, mas com asperezas crescendo para me chicotear e depois rastejar como vermes, lesmas úmidas até meu coração que pulsa em meus lábios ou corre bipartido para expulsar meus olhos, entrar nas órbitas num esforço tremendo que rasga pálpebras que correm em lágrimas que não refrescam a chaga que eu sou. São pontos e riscos fugindo que riem e se reproduzem voltando como facas ou como pedras. Minha garganta tem pés que procuram esmagar qualquer coisa que esmagam mas nunca esmagam o necessário.

Sou uma coisa encerrada em outra maior. Quando consigo espatifar o invólucro e subo... e subo, nada mais tem forma. Só existe um sorriso mau. Eu sou este sorriso mau e dolorosamente incompreensível. Este sorriso mau nada vê, nada raciocina. Ele tem dedos que se crispam, tem pernas que andam de um lado para o outro, ele pulsa desesperadamente.

E o homem subterrâneo foi criado

Estou nua
   E não posso despir-me
   Nem dos seios, nem dos olhos, nem do sexo, nem dos ossos.
   Estou nua
   e preciso despir-me
   Como entregar-me vestida a v. meu amor?

   Quero o que não me podes dar.

   Como não te amar? Se me deste a revolta contra o depender de ti para me destruir.

   Eu te amo [?]*

   Tome a minha submissão. É a submissão de meu maior inimigo.
   Eu me submeterei às tuas decisões sempre q. forem contra mim.

* O símbolo [?] indica palavras incompreensíveis no manuscrito. Esta e as demais notas são da edição.

Como alcançar-te se estás na minha frente
Como conseguir-te se há sempre o intermediário entre nós
Se antes de chegar ao intermediário
Existe o intermediário ao infinito
Se quando caminho
Tu também caminhas
Se quando avanço
Tu também avanças
Eu corro mais do que tu, mas não te alcanço
Há sempre o tempo entre nós

Diálogo com o homem subterrâneo

1*

Homem Subterrâneo
Posso dar-te a morte que é a dissolvição na vida. Eu te darei a certeza e o princípio. Eu te quero. Tu não queres morrer em mim? Aqui estou. Toma-me.

A mulher
Mas tu me disseste a verdade?

Homem
Não fui eu quem a vi? Não fui eu que lutei contra ela?

M.
Diz-me tudo. Nada escondas de mim.

* A autora não numera esta primeira parte. Entre a segunda e a quarta parte, ela insere divisões em algarismos romanos. Da quinta parte em diante, algarismos arábicos ordinais. Há uma repetição do número seis, de modo que a décima parte é nomeada como nona. Optou-se por corrigir e padronizar as divisões.

H.
Vive!

M.
Farei o que quiseres. Serei o que quiseres.

H.
Mas eu quero que sejas tanto. Eu quero que enchas a minha vida. Eu quero que sejas tudo. Tanto eu tenho a te pedir. É tão grande a minha sede. Eu quero desaparecer em ti. Eu quero te submergir em mim num mundo que fica...

M.
Lá no fundo de mim mesma.

H.
Que pavor eu tenho que não te entregues toda a mim! Que medo que não me queiras todo.

M.
Eu te quero tanto! Tanto eu quero me dar a ti. Mas tu me queres? Como e por que me queres? Eu não te vejo no mundo sórdido, feio e pobre.

H.
Eu te vejo lá onde eu te tenho, lá onde tu és minha, no meu mundo de amor, de dor, de prazer. É tão belo e tão rico este mundo! Tu tremes, querida? Toma as minhas mãos. Elas nos iluminarão o caminho. Eu sou teu.

M.
Eu quero ir contigo.

H.
Por que me querendo tu ias desaparecer? Que temias? Eu compreendo. Mas fala-me. Tu não viste o quanto eu te quero? Deveria dizer "te queria". Mas não é isto. Eu te quero e então te quero.

M.
Que fiz na vida, senão te buscar? Leve-me para teu mundo de dor e de amor. Mas eu preciso de tuas mãos que estou tremendo de dor de amor. Era triste e sombrio o caminho.

Eu vinha sangrando. E tu chegaste. Tomaste tudo de mim. A vida, a morte, tudo.

E eu que queria morrer te entreguei toda a minha vida. Tu me penetraste. Fizeste de mim o teu domínio. Quanto eu temia isto, quanto eu quis não te querer. E agora te quero. E tu, minha última esperança, me apareces agora como algo horrível que existe na minha vida e que em todos os momentos em que entrevejo o absoluto, se posta a minha frente com a negativa seca e implacável. As lágrimas me aparecem.

H.
Não sofras, te peço.

M.
Como tu podes dizer isto? Como eu posso não sofrer? Tu me ressuscitaste, tu me tiraste do túmulo em que eu me havia encerrado. Eu queria o absoluto. Sim. Eu quero o absoluto. É impossível eu te querer.

H.
Por quê? Por quê? Como tu, o meu absoluto vivo, podes dizer isto? Todo o caminho desapareceu. Tu estás diante de mim. Como podes fugir?

M.
Eu começo a crer num engano horrível. Mas não é possível. Não conheço mais nada. Seria o erro mais trágico da minha vida. Será que tudo é uma ilusão dos meus sentidos? Será que tu não existes? Tu não vês o quanto sofro? Foi um engano? Meu caro...

H.
Por que me dizes "meu caro"? Se tu soubesses quantos nomes eu tenho! Quantos nomes tu tens!
    Vês o quanto eu te quero? Vês o quanto eu quero me dar a ti. Por que te fechas ante mim.

M.
Tu não existes.

H.
Só existo em ti.

M.
O resto morreu. Não, não posso estar enganada. Sinto tão sagrado o nosso mundo. É preciso que morra todo o resto para que o tenhamos. É preciso que tenhamos forças para guardá-lo do resto. Eu creio em ti. Eu quero crer em ti.

H.
Agora, basta que eu te diga. Se eu te fizer desgraçada eu serei mais desgraçado ainda! Mas agora é preciso que me fales. Por que se me querias, tentaste fugir? Por quê?

M.
Temia que não pudesses ser tudo.

H.
Mas quando tu me viste...

M.
Eu queria não te querer.

H.
Mas tu mentiste tanto. E tanto me fizeram e tanto me fazem sofrer ainda as palavras que me dizias.

M.
Quanta sensação estranha, quanta emoção nova eu sinto a teu lado. Tudo já é impossível. Só tu existes. Eu te quero.

2

M.
És o próprio anjo da morte que eu consegui materializar e amar. És o infinito.

H.
Eu sei o que eu sou em ti. Do contrário como poderia querer-te?

M.
Tu sabes bem o quanto eu lutei contra mim, o quanto eu custei a crer que tu fosses o absoluto, que tu pudesses tudo me dar. E para que eu fosse vencida pelo amor.

H.
Foi preciso a tua submissão.

M.
Tanto tempo eu me cri incapaz dela. Perdoa.

H.
Eu sei o que foi o caminho, o quanto sofreste. Porventura não sofri eu contigo? Avalio a tua alegria pela minha. Eu sinto bem, minha querida, o que é a tua submissão. Foi ela quem te entregou a mim, que me fez teu. Recordo-me de uma manhã em que tu sofrias tanto. Tu não me vias ainda. Como pudeste ser tão cega? Foi então que toda ternura, todo meu mundo gritou e eu quis dizer-te *Soyez éclarcie! Regardez-moi. Je suis cela!** Mas tanto medo eu tinha dos mortos! Tanto ódio e pavor eu tinha dos teus olhos que nada viam. Calei-me. Sofri muito, mas nem o meu sofrimento tu vias.

3

H.
Havia uma estrada. Os mortos vendo-nos cegos ante suas figuras horríveis, vendo-nos surdos ante suas súplicas, clamaram, ameaçaram, mas desapareceram com sua cólera impotente.

Que podem eles contra nós, se temos a nossa vida, se queremos apenas o nosso mundo? Fomos os dois e lá no novo mundo tu me deste toda ternura. Tanto frio eu tinha. Tu me encontraste, te entregaste toda a mim, me deste todo o teu amor. Choravam já meus olhos. Minhas lágrimas corriam de meu rosto para as suas mãos. Então mataste aquela que me fazia medo que nunca cora. E tuas lágrimas se uniram e [?] nos deviam, nos dissolveram.

---

* No original, em francês: "Sê brilhante! Olhe para mim. Eu sou isto!".

H.
Eu sei que não queres a minha bondade nem a minha maldade. Tu me queres. Tu queres a mim. Só tu me queres. Se tu pudesses ver o que sinto, quanto vejo que me queres. Mas tu saberás um dia, meu amor.

M.
Minha cabeça está estraçalhada da necessidade de estar em teus joelhos, chorando.

H.
Como sabes que eu sempre te senti uma menina muito pequena, muito manhosa? Como sabes que é dela toda a minha ternura? Como soubeste, minha querida, que eu sempre te vi com a cabeça sobre meus joelhos, chorando, enquanto minhas mãos em tua cabeça mergulhavam em teus cabelos levando todo seu calor para a menina friorenta que eu quero, levando-me todo a ti, meu amor! Meu amor, meu pobre amor. Como tu sofreste, querida! Eu sei da tua sede de ternura. Ela é igual a minha.

M.
Um dia, querido, eu te falarei da minha vida num cantinho escuro de um jardim luminoso. É lá que tu existes. Lá não existem lesmas, não existe o bem, não existe o mal. Só tu o povoaste. E no entanto, quanto tardaste! Agora que te encontro a ti que me darás tudo, agora meu amor que te tenho, que te posso pedir todo teu amor, toda tua ternura... guarda-te, guarda o nosso mundo. E preciso que passemos calmos, absolutamente serenos no meio dos mortos. E nós podemos fazê-lo. Nós nada queremos, nada pedimos deles.

4

H.
São cinco horas da manhã. Todas as vozes horríveis ainda não se ergueram e ainda posso falar contigo. Tu estás aqui, meu amor. Falas tanto, e eu te escuto e te quero. Nos meus gestos tu vês todo o meu amor. Tu vês o quanto te quero. Mas tu ias me abandonar, por quê? Não, querida, não estou chorando, mas por quê? Tu não sabias o quanto eu te queria? Tu não tiveste piedade de mim. Se tu soubesses o que foi aquela noite para mim! Mas, meu amor, como eu poderia te falar se tu me afastavas tanto? As minhas lágrimas são tuas, tu não tens sede? Toma as minhas lágrimas. Eu sabia uma lenda linda que dizia: *celui qui boira de cet eau sera sans fin desalteré puisque naitra delle um bondissement frais d'une eau perpetuelle.** Assim eu quero que sejam minhas lágrimas para tua sede. Meu amor, eu já te quero tanto que tremo ante o encanto. Tanto eu tenho a te dizer. São tão pequenas as palavras. Eu não posso mais te falar.

M.
Dá-me tuas mãos. Quando eu as tenho, quando elas repousam nas minhas tudo é claro e luminoso.

H.
Sim, querida. Eu não deixarei tuas mãos. Meus lábios buscam em tuas mãos as tuas lágrimas. Eu quero o teu pranto. É em teus olhos molhados que eu te busco, meu amor. As minhas mãos cresceram, cresceram; eu estou todo nas mãos e elas contêm as tuas, trêmulas, medrosas de tanta luz.

---

* João 4,14: "Mas quem beber da água que eu lhe darei nunca mais terá sede. Pois a água que eu lhe der tornar-se-á nele uma fonte de água jorrando para a vida eterna".

M.
Como eu te quero, meu amor!

Chega-te mais a mim. Não, meu amor. Não é mais frio o que tenho. Eu tremo ante o encanto. Tu te recordas como eu tremia junto a ti? E tu viste. Tiveste piedade de mim, te puseste entre mim e o resto. Enrolaste-te a mim para que eu não sentisse mais frio. Deste-me toda proteção, todo carinho que eu precisava. Foi então que eu tremi, tremi de medo de ti, mundo novo, de medo que tudo fosse apenas ilusão de meus sentidos, e lutei tanto!

H.
Chega mais junto de mim, meu amor. Dá-me tuas mãos: Que pensavas da luta, que pensavas da tempestade? Eu quase te pedia: Vem, querida, não prolongues mais este tormento. Mas parece que tu não me vias. Depois veio a morte e te entregou a mim.

M.
Porque nasceste da morte, mundo novo!

5

H.
Escuta querida. Não, antes deixa que eu beije tuas mãos. Escuta agora. Toda minha vida eu senti tanto frio. E desde criança eu imaginei uma concha enorme, toda revestida de veludo, tépida, que se fecharia um dia sobre mim. Começas a ver o quanto te quero, o quanto te amo?

Porque tu, meu amor, não me retiraste apenas do subterrâneo. Tu me aqueceste todo e eu pude nascer para a vida, para a vida em ti, para a nova vida.

M.
Eu estava sangrando. Eu nada tinha. Tu me deste tudo.

H.
Mas tu choras, meu amor? Deixa-me beber as tuas lágrimas. Deixa que eu satisfaça, enfim, a minha sede.

6

M.
Eu tenho medo da morte.

H.
Que pode a morte contra ti, que pode a morte contra mim? Se eu só existo em ti. E para morrer é preciso ser sujeito, existir. E nós não existimos mais, porque nós só vivemos no mundo distante em que não há vida, em que não há morte, onde só há o aniquilamento, no amor. Mas tu temes a morte? Por que, querida? Tu estás dentro de mim, lá aonde a morte não chega. Porque lá existe uma fonte maravilhosa de vida. E nós beberemos desta fonte e viveremos eternamente. Nós viveremos, querida, do nosso amor. E eu prometo a ti e a mim que viveremos intensamente, violentamente. Eu sei que tu poderás viver lá no meu mundo. Quando eu te buscava houve um momento em que te cri morta e sofri muito. Mas depois quando eu vi que estavas viva, que ainda podias viver, então foi a tempestade e eu te quis como te quero. Porque eu te quero muito, meu amor, mas eu te quero viva. Eu não quero um cadáver. E tu estás tão viva! Tu me falas em amor, em dor, em alegria, em tudo aquilo que é a vida de nosso mundo! E então eu te quero toda. Já nós não poderemos morrer porque lá nós temos tudo! Mas para os mortos, para todo este mundinho feio e

vil, nós vivemos morrendo e quanto mais morrermos mais claro e mais luminoso será o caminho. Nunca morremos demasiado para esse mundo, meu amor, porque nunca viveremos demasiado em nosso mundo. Eu custei tanto a te crer morta para tudo. Tanto custei a te crer viva para o meu amor.

M.
E agora volta a angústia. Temo que não tenha morrido verdadeiramente para o resto. Ontem fechei os olhos e não estavas comigo. Que horror dizer isto a ti sabendo que vais sofrer tudo isto também. Mas como deixar de te falar se tu sabes, se sentes como eu? Que vácuo tremendo. Olha. Vê como eu me prendo a ti, meus olhos apavorados. O subterrâneo...

H.
Como explicar-te esta dor imensa, essa enorme tortura que entra em meu corpo, alarga-o, deforma-o, que o reduz a um monte horroroso de carne sangrenta, mas que me deixa os olhos e as mãos? Minhas mãos tomam os meus olhos e vão desesperadas até onde tu estás. Eu te peço. Toma os meus olhos. Então minhas mãos poderão afastar tudo.

M.
Só posso sofrer. Onde estás?

H.
Erguem-se os punhais. Mas eles só encontram o meu corpo para te defender, para me defender. Os punhais se irritam e lançam-se ao meu corpo violentamente.

M.
Que importa que eles destruam meu corpo, se com isso nos salvamos, salvamos o nosso amor? Eu te falo de amor no meio de

tanto sangue. Sim, porque é o meu amor maior que a tortura. Se é para guardá-lo que eu sofro tanto.

H.
Eu quero me pôr entre ti e as pedras. Agora que as pedras me ferem tanto, que entram em mim e me agridem, agora que eu sofro tanto, que sofremos tanto, tenho uma alegria enorme.

Mas tu me compreendes, querida? Tu sabes bem o quanto me entrego a ti? Que medo que não saiba. A tua dor chegou. Agora eu posso te dizer: eu te amo. Tu sabes bem o que é para mim poder te dizer eu te amo? Por que não respondes as minhas perguntas?

M.
Perdão!

H.
Meu amor. Se tu soubesses quanto o teu sofrimento me entregou a ti. Eu sou tão pobre. Eu me lembro que tu nem punhas teus olhos sobre mim. Tua mão fugia da minha.

M.
E agora eu sofro tanto!

H.
Meu amor, nós venceremos. É longo e penoso o caminho de triunfo. Se eu estivesse sempre contigo tu me dirias muito da tua dor e eu não te deixaria sofrer. Eu não quero mais que sofras.

M.
Eu quero que me queiras. Toda a noite de ontem foi um inferno. Não estavas aqui. Fiquei desesperada procurando-te.

H.
Quando estivermos sempre juntos todo sofrimento acabará. Deixa comigo a dor. Toma o tesouro. Tu não vês que as minhas mãos estão fatigadas de suportar o tesouro que é teu? Toma o tesouro. Vês como já sangram minhas pobres mãos. Tem piedade delas. O meu amor não deixará coisa alguma. Ele passará subindo, curvando, quebrando tudo no caminho. Não ficarão senão ruínas, árvores, flores esmigalhadas e o coração estraçalhado. Como eu sofro, querida.

M.
E nem posso te falar, meu amor.

H.
Mas no fim do caminho há um dia tão belo. O dia terrível, o grande dia de nosso mundo. Eu sei que tu me queres agora. Agora que sofro tanto em ti.

M.
Em que me fazes sofrer tanto.

H.
Tuas lágrimas correm em meu rosto. Tem piedade de minha riqueza, querida! Fala-me sempre para que eu possa ter sempre essa alegria voluptuosa de sofrer tanto em ti.

7

M.
Estiveste presente o tempo todo na tortura de hoje. Nem precisei chamar porque estiveste aqui o tempo todo. Mas como

estão tristes os teus olhos. Mas eu quero que sofras toda esta luta comigo. Saberás da imensidade de minha ternura no dia em que não houver nem dia e nem noite. Conta-me teu sofrimento. E nas tuas noites, meu amor, não sentes que estou junto a ti para cerrar-te os olhos com os meus? Ouve, meu amor. Eu sei que sofremos. Mas confias tanto em ti. A luta é tremenda. Nunca pensei mesmo que houvesse ainda este medonho caminho a percorrer. Mas ele é também maravilhoso, meu amor. Eu estou contigo. Não vês? Não vês que estou junto a ti?

Fala-me, bem-amado.

H.
Tanto, tanto eu tenho a te dizer. E contudo é difícil falar-te. Todas as palavras que eu guardei. Toda vida, todas as palavras destinadas a ti estão maculadas e eu não quero ofender-te, meu amor. Eu sofro então muito e muito porque é preciso que tu me perdoes toda minha vida. Há tanto tempo que tu apareceste. Sempre que eu sofria era contigo que eu falava, sempre que me ofendiam era em ti que eu me refugiava. Eram tuas as palavras que tantas vezes eu pronunciei só, irremediavelmente só. Todas as minhas lágrimas, todas as minhas dores ficavam contigo lá no fundo de mim mesmo. E as palavras que tantas dores purificaram estão maculadas agora. Não serei eu quem te apedrejarei com elas. Vê. Vê o quanto sofro. Tu, tu que tanto custaste a chegar, chegas e nem falar-te eu posso. Perdoa, perdoa, querida. Perdoa que eu te amo tanto!

8

M.
Estou chorando no meio dos mortos. Por que não me defendes? Não percebes como se alongam meus braços te procurando: Há

o subterrâneo, há os mortos e há o meu amor. Eu estou, vê, com os mortos.

H.
Meu amor, eu sei do teu tormento. Todo este tempo tenho estado ao teu lado, tuas lágrimas correndo no meu rosto. Tu não me viste, mas eu estava num cantinho junto de ti e te beijava e meus olhos corriam sobre tuas mãos como uma súplica. Até que me olhaste. Eras tão bela, querida, com teus olhos cheios de dor, e eu cheguei-me muito, muito a ti e não havia grades como no dia em que nossas mãos se encontraram loucas e desesperadas, e então, meu amor, desapareceu o subterrâneo onde tentam ainda nos lançar, desapareceram os mortos que te torturam, desapareceram, desapareceu tudo, e ficou nossa vida, o nosso amor. Querida, vamos sofrer muito ainda. Mas que importa? No fim há um mundo e é preciso que tenhamos forças para guardá-lo. É tão grande, tão belo este mundo, que só a esperança de atingi-lo nos sustentará nessa angústia imensa. Eu te quero, meu amor.

9

H.
Ontem eu sonhei que dizias: "Que fizeste para me merecer?". Então eu te mostrei toda a minha vida, toda a minha dor. Quando voltei-me havia lágrimas em teus olhos, então eu te beijei muito e me senti puro junto de ti que és pura.

Ton oeil, ton souris, ton pied, m'ouvrent la porte d'um infinit que j'aime et n'ai jamais connu!*

---
* Citação de Charles Baudelaire, "Hino à beleza". In: *As flores do mal*. Em português: "Se teu olho, sorriso e pé abrem-me a porta/ De um Infinito que adoro mas desconheço?". Trad. de Júlio Castañon Guimarães, op. cit.

Eu confio em ti, meu amor, eu confio em mim! Se tu me queres e tu me queres, que caminhos haverá que não possamos destruir? Eu te amo, querida. Teu amor me dá a sensação de onipotência, é assim que eu te beijo. Agora que me tens, agora que és minha, eu não posso abandonar nenhum abandono de ti mesma. Cuida muito de ti, meu amor. Tu és tudo o que eu tenho. Vê o que deixo em tuas mãos. Se tu não te guardares bem, vai ver só o que é que eu faço. Tenho castigos horripilantes. Guarda-te avaramente, que és minha, que eu te quero, meu amor.

M.
Mas já nada faço senão defender o nosso mundo. O tesouro que me confiaram tuas mãos ensanguentadas. Estamos tão feridos. Mas é nosso ainda o nosso mundo. Será sempre nosso o novo mundo. Tu o sabes. Sim, meu amor. Estou guardando avaramente o nosso mundo, com todo o meu carinho. Depois, eu não quero que te castigues com os castigos horripilantes.

H.
Tu me falas tão pouco do teu sofrimento! Mas seria impossível e inútil querer falar. Eu te sinto, meu amor, eu sinto toda a sua dor que não cabe nas palavras. Nem um instante tenho estado sem o teu tormento.

M.
Sabes do meu sofrimento. Mas como poderia amar-te assim, sem a minha dor. Se foi ela quem te pôs em mim, quem me deu estes olhos que sabem e podem ver o que és. E não foi a dor quem te fez assim perfeito e infinitamente amado? Como não ter coragem se estás em mim. Se tenho aqui tuas mãos nas minhas. A angústia não conseguirá destruir o nosso mundo. Pois se foi ela quem o construiu.

10

H.
Disseste "És tudo". Sim, querida. Só pode ser assim, porque tu és a minha vida. E as lesmas impotentes levantam-se contra nós, elas farão gestos desesperados e grotescos; mas que poderão contra nós, as lesmas, se nós nos tivermos fora deste mundinho ridículo e vil? Porque querida, nós nos encontramos fora desta vida que é a morte. Tu como eu, bem pouco tens de comum com os outros homens e isso, querida, é o que nos leva a um mundo grande e belo acima da vida que é a morte. E quando eles se erguerem em nosso caminho, nos diremos que entendem os mortos da vida? Ninguém nos entenderá e será esse o nosso triunfo. Quando os mortos chegam até mim, eu não tremo quando os afasto violentamente. Como permitir que toda essa lama me contamine, como deixar que me toquem esses fantasmas ignóbeis se eu quero ser puro, agora que eu já sou teu. Quando eu vivia cheio de frio e de desespero nada importava. Mas agora eu te tenho, eu me tenho enfim e tudo é tão grande e tão belo. Ouve, querida, só uma palavra pode te dizer o que é o nosso amor para mim: ele é sagrado. E sobretudo, eu creio avidamente, apaixonadamente que nós teremos forças para chegar ao país longínquo e belo onde tu só viverás em mim, onde eu só terei vida em ti. É penoso, é atroz o caminho. Um deserto este caminho.

Mas que importa, se ele leva a vida? Eu tenho uma confiança tão grande em ti, em mim e que às vezes me amedronta, tremo. Meu amor, é preciso que tu saibas o que és para mim. Eu te quero, querida. Para tua dor eu me entrego todo. E hoje sou lágrimas, lágrimas, lágrimas.

Correspondência

M.
Vida!
Ainda não consigo te falar como preciso. Eu preciso tanto e não posso. Talvez consiga um dia. Eu me curvo desesperada. É porque não te mereço ainda. Há tantas palavras criadas e transformadas por mim mas de exteriorização interdita. Todos os sons vão para os meus olhos. Que peso eu tenho aos olhos que me carregam toda, que sustentam toda a minha emoção. É por isso que os tenho sempre cansados e tristes. Tens visto como eles estão sempre cheios de dor. Eles são feitos de dor. Hás de ver que mesmo quando conseguires iluminar-me de alegria, porque conseguirás isto, hás de sentir sempre em meus olhos a palpitação da amargura sobrepujando-me, sobrepondo-se a mim. Procure minhas palavras sempre na vibração de meus olhos e no gosto de minhas lágrimas.

M.
Falas que ela me quer. Pois é justamente por ser querida que lhe tenho horror. Por ser boa e querida que se interpõe entre nós, que te afasta de mim. Como sofro quando ela está junto

a mim. Quando aponta implacavelmente em mim as grandes zonas mortas. Que tortura quando ela se apresenta carregada de tudo o que fui. Eu me sinto envolvida numa mortalha de sangue palpitante que tenta me absorver. Mostra-me que não sou ainda a simples e pobre coisa que desejaria ser em tuas mãos. Ela é tudo o que eu fui. Com ela os mortos palpitam. Ela me traz o hábito do subterrâneo, a classificação das lesmas e o que é pior, o renascimento de todas as dores e de todas as vibrações da maternidade. Que sofrimento atroz quando percebo o seu carinho e sua boa vontade. E eu lhe peço desesperada que me fale de ti, que fale ainda de ti. Como te procuro então para sofrer em ti.

M.
Ouve, meu amor. Podes responder-me, porque te querendo tanto, tendo toda certeza de que te tenho e de que me tens, sinto uma necessidade desesperante de te mostrar como é este amor, do que é capaz o meu amor por ti. Chego a desejar que me tortures, que me quebres, para que cada uma de minhas chagas te glorifique e te adore como o Deus que és. Meu amor, tem pena de meu sofrimento. Mas não me humilhe nunca com a pena de me fazer sofrer.

M.
Meu amor. Eu tenho tanto medo de te falar pois sempre sinto que não falo como é. Como estão quentes as tuas lágrimas. Mas estão cheias de tranquilidade e de confiança. Estás tão junto de mim. Recordas! Foi numa noite do subterrâneo gelado, de vermes e lama que era do tamanho do mundo. Que deixava o mundo inteiro. Eu estava enlameada. E as raízes imundas que me prendiam e me esmagavam. Meus olhos desesperados e enxutos riam do meu sofrimento. E então angustiada eu me

enrolava mais nas raízes, procurando mais lama, mais sofrimento. Tudo tão negro e pavoroso de amargura. Tu te ergueste então. Estavas só e torturado. As tuas lágrimas não cabiam no subterrâneo. Viste os meus olhos secos e puseste neles as tuas lágrimas. Quanta confiança eu tive então em nossa dor. E desapareceram a solidão e a impotência.

Tu me falavas: "Toma-me. Eu sou teu". Tinhas a vida. Eras a vida. E vi o mundo novo.

M.
Quis covardemente arranjar uma porção de justificativas para diminuir a minha dor. Foi num momento de desespero incrível. Imagina-me extenuada, exangue, aflita, cega, louca, correndo como um cão atrás da lógica. Tem que ser assim. Para os diabos o ter que ser assim. Sofro porque sofro e está acabado. Ou está começando. Que importa se sou egoísta, ridícula, desesperada. Eu te amo. Eu sofro. Sabes que estou rindo canalhamente? Mas não estarei rindo de mim? Estou apavorada. Perdão. Devo estar morrendo. O que está me sufocando assim? Volte. Volte. Estás morrendo.

M.
Vê minha humilhação e o quanto sofro e sofro por não te falar ainda serena e confiante na minha súplica. Perdoa o medo que me causa minha própria humilhação. Perdoa o receio que tenho de abalar tua fé, vendo-me tão baixa. Perdoa tudo o que não te disse, mas compreendeste. Perdoa eu não te dizer ainda tudo. Perdoa o terror que ainda não se desfez de todo. Perdoa a minha aflição e toda a lama que busquei dentro de mim para te cobrir. Perdoa esses pensamentos horrorosos. Nunca, nunca sofri tanto. Nunca pensei que pudesse sofrer tanto. Perdão.

M.
Não há um segundo, um só segundo que não esteja aqui contigo, debruçada, agarrada doidamente a ti. Não há mais nada de humano neste amor. É com esforço bárbaro que te escrevo. Amo-te muito mais que amo-te.

M.
Sejam quais sejam as reações que sofro num ou noutro momento, estás sempre aqui; junto a mim inquieta, tranquila, louca, miserável, estás sempre aqui.

M.
Consigo num lugar que eu sei ter notícias diretas de ti pois então tu vens quando eu quero. Estás sempre ali.
    Eu te vejo agora diluído na tua risada infantil.
    Encantas sempre. Docemente ou cruelmente.
    Tu és o sol. "*Omnipotente, bellu, radiante, jucundo e forte. Tue so le laude, la gloria, l'honore et onne benedictione. Et nullo homo ene dignu te mentovare.*"* Quero torrar-me no sol. Eu te amo. És tempestade, beleza, silêncio.

M.
A morta me falou. Eu a ouvi. Por que consentiste? Ela disse que eu a tinha morto demais. E a vi mais aniquilada e mais apagada

---

* Trecho do "Cântico das Criaturas", também conhecido por "Cântico do Irmão Sol", de São Francisco de Assis, em dialeto úmbrio. A primeira parte é uma mescla de versos distintos, com grafia inexata. Os versos originais são: "Altissimo, omnipotente bon signore", "Et ellu è bellu e radiante cum grande splendore" e "ed ello è bello et iocundo et robustoso et forte". A segunda parte: "Tue so' le laude, la gloria e l'honore et onne benedictione./ [...] et nullu homo ène dignu te mentovare". Em português: "Onipotente, belo, radiante, jucundo e forte. A ti o louvor, a glória, a honra e toda a bênção. E nenhum homem é digno de te nomear".

que os outros mortos. Então que grande fadiga eu senti. Eu não tenho medo dos mortos. Eu os afronto mesmo. Nada tenho a recear. Eles nada podem fazer. Mas eu tive medo da morte. Eu tenho medo da morte. Não é verdade que queres que eu viva ainda? Se é justamente agora que eu vivo. Mas é preciso que ordenes, que me defendas muito dentro de ti. Eu te quero, quero. Não me deixes desaparecer ainda. Mas me deste tanto ontem. E depois da alegria infinita, minha pobre cabeça chorou tanto em teus joelhos. Quando eu senti na tua compreensão como me tinhas eu me surpreendi a gritar: "Agora, posso morrer". Como ousei dizer isto? Como ousei uma revolta dessas contra nós, contra meu amor? E sem que tu me ordenasses? E depois a morta falou: "Me mataste demais". E tive medo. Salva-me, amor. Disseste que me defenderias. Podes salvar-me. Podes tudo. Mas por que esta angústia ainda? Meu amor, não me mate ainda. Como consegues fazer-me sentir alegria tão poderosa dentro da tortura máxima, a tortura que não tem fim. Mas sei que ainda tenho muito a sofrer.

M.
... Neste dia, meu amor. O dia grande e horrível que falamos tantas vezes mas que só eu sei o significado. O dia do silêncio em que eu te conduzirei para o meu mundo que é muito precioso para que eu o esqueça, pois foi neste mundo que ninguém sabe que te vi, que te amei, que me fizeste.

Sim, meu amor. É esta a coisa que te escondo. Eu não te falarei ainda sobre ela. Eu te falarei no dia em que me acompanhares voluntariamente ao subterrâneo. E tu me acompanharás porque é o homem subterrâneo. O homem que não existe mas que amo. O único que amo. Nunca deixaste de ser para mim o que se escondia atrás do outro que desprezo. Recordas, uma vez em que te buscava alucinada, pois então já te amava, o outro, o desprezível indivíduo comoveu-me com uma resposta que só eu compreendi. Eu perguntava ao indivíduo do mundo mesquinho: "Onde está o outro? O que procuro e quero? Por que passou então como uma sombra?". E o homem que existe me respondeu: "Você encontrou-o". Então meus olhos viram o outro que está dentro de mim. É este, só este o que amo.

E no dia terrível em que eu deverei desaparecer no subterrâneo. Desaparecer sob os beijos que serão os únicos que tenho para ti destruirás também este indivíduo que é nosso inimigo. Vais dominá-lo completamente. Tu não desaparecerás talvez. Mas então terás a consciência de tudo, e verás que nunca, nunca mais te prenderão as ilusões e mentiras do indivíduo abjeto. Tão abjeto como essa sordidez toda que me circunda, e me repugna, me repugna.

Compreendes a minha amargura, qual é? Eu me sinto prostituída nos braços do indivíduo. Estou me vendendo pelo tempo. É preciso que eu conserve ligado a mim o indivíduo até o dia em que conseguir destruí-lo para te ter, para com o meu desaparecimento legar-te o verdadeiro ambiente e as verdadeiras sensações que mereces.

Tu pensas que não existes, meu amor. Porque só existes em mim. Estás dormindo. Pobre querido. Só acordarás quando eu puder receber de ti, meu amor, os primeiros beijos que me matarão para que te libertes.

Não. Eu não posso dizer-te ainda isto porque estás dormindo e não me ouves. É preciso que eu iluda o abjeto indivíduo com toda sorte de artimanhas. Mas eu me vingarei de todas as humilhações, de todas as chantagens que utilizou para que eu te esquecesse. Quantas vezes impregnou-se todo de tudo que possuis para que eu te sentisse nele.

M.
Desejaria que fosses a estátua de pedra que sempre existe nas paisagens evocadas, imobilizada dentro da música brutalmente inarmônica.

Então toda a natureza se moveria em tua direção. Tudo teria a tua cor e a tua luz.

M.
Vê como são lindas as estrelas? Elas fazem o que eu quero. Fulguras em meus próprios olhos, meu amor.

M.
Eu quero ficar só. Eu preciso estar só com a minha angústia e não quero que sinta nem saibas que algo inexplicável está me esfacelando aos poucos. É horrível. Mas a tua presença tranquila e confiante faz-me um mal atroz. E, no entanto, eu quero a tranquilidade para ti, meu amor. A tranquilidade e a confiança. Mas vai para longe de mim. Eu te quero e te odeio tantas vezes. Eu te chamo e não te quero aqui. Que ansiedade a minha por tuas visitas. Eu te espero todo o tempo. Desejo que venhas e te espero com horror. Se não viesses choraria como estou chorando agora. Teria muita febre. Não dormiria. Soluçaria toda a noite encostada na grade da janela sem sentir o frio da noite. Quanto sofreria se não viesses. Mas se vens, como sou desgraçada quando vens. Que noite medonha então, sentindo-me enlouquecer a todo o momento. Vai. Não vês que te mando embora? Por que vens, então? Não me apareças mais. Não venhas nunca mais aqui. Eu te detesto. E sabes por que te detesto? É sempre que me forças a detestar-me sem que eu saiba por quê.

H.
Meu amor. Há um vento murmurando entre rosas. Todo o caminho está cheio de rosas, todo o caminho está cheio de rosas e sangue. Corre o sangue sobre mim, inunda-me, sufoca, abala, demole, ergue... é que as rosas me penetram. Há música, querida. Eu vou à procura da música, ela vem de um tempo sombrio

e tristonho. Sangra o meu corpo exausto, quando chego à porta do teu templo que fica no alto da montanha fragosa... Hesito. Entro. Eu fico enorme dentro do templo enorme... No fundo penumbroso do templo há uma luz, há rosas sobre um órgão de que vem a música que me trouxe, a cada acorde uma golfada de sangue sai do órgão.

Ajoelho-me junto à música.

Já não distingo as minhas lágrimas no rio de sangue que me banha o rosto. A luz que era pequena ao longe me iluminou todo, ela está dentro de mim. A luz cresceu dentro dos meus olhos cheios de lágrimas e prendeu minhas mãos cheias de sangue, cheias de rosas. E na vertigem que me dá o tempo, ébrio de rosas e de sangue, eu te chamo, eu te chamo, eu te chamo. É a ti que eu amo.

H.
Querida, eu te dou o silêncio que é a intensidade do que deixaste comigo. Eu te amo, eu te quero, eu te beijo, eu sou teu.

H.
Minha luz.

Quando tu falas de tudo que escondes de mim para teu tormento, quando recordo as minhas impurezas, quando me dizes das tuas mãos imundas, eu sofro, sofro terrivelmente. Mas há uma coisa querida, que tu não conheces. Neste sofrimento eu te sinto pura, meu amor! Eu me sinto puro te tendo...

Eu sinto a necessidade de beijar os teus pés, o pó dos teus sapatos, eu queria te dizer o quanto te amo por cada dor tua, eu queria agarrar o infinito deste amor, quando tu sofres eu me sinto tão teu, eu quero que me lances as pedras que te ferem. Se tu estivesses junto a mim tu verias como são belas e puras as tuas mãos banhadas pelo meu pranto. Só junto de ti eu me senti puro, eu só te quero junto a mim.

H.
Hoje eu seria a brisa que ia levantar de leve os teus cabelos, que ia roçar suavemente teus lábios quando tu estivesses olhando o mar. Sentada na praia de um país longínquo que só eu sei atingir. E quando respirasses, eu penetraria em ti, tu verias que era eu e ficarias surpreendida, então eu te beijaria muito, tornava-me um vento furioso, te ergueria entre o céu e a terra e tu serias minha, do vento. Tu verias o mar tão verde que julgarias que eram meus olhos. E dirias: esse menino travesso não pode ser o vento e o mar.

Eu ia me [?] nos teus ouvidos e dizer: que tola és, meu amor, não entendes nada, pareces aquela menina parada, não vês que eu sou tudo? O mar era tão belo, tão sereno que tu não resististe e mergulhaste nele, então eu te dissolvi em mim. É assim que eu te amo e te beijo, minha vida.

M.
Ouve, meu amor. Eu não quero teus beijos agora, minha vida. Tenho muito medo de teus beijos. Eu sou uma coisa tua. Poderás fazer o que quiseres de mim. Mas por ti eu suplico. Tem pena de ti. É preciso que guardes estas mãos que são tuas para que as tenha quando tudo, tudo te faltar. Quando não encontrares canto no mundo. Quando tiveres frio, vem te aninhar no meu calor. Quando fores repudiado e humilhado por todos e por ti; então vens. Eu te beijarei muito. Eu te consolarei. E te darei de novo força e confiança. És muito jovem, meu querido. Eu sofro muito mas não quero que me beijes. Sofro muito, muito mais com teus beijos assim. Eles têm uma força, um calor, um arrebatamento que me apavoram. Eu temo esfarelar em tuas mãos.

Eu sei o que eu sofro. Eu sei o que eu passo, quando deixas o recanto que iluminamos juntos. Tenho ciúmes de ti, todos os olhos te olhando. Tu, o mais belo, o mais inteligente, o único digno de amor. Eu sofro muito. Eu sei da minha angústia, da minha tortura, do meu ódio, do meu horror contra todos os que querem se apossar de ti. Mas nisto tudo existe a doçura da submissão à tua vontade. O meu amparo, a minha ternura, tu terás sempre. A angústia atroz, o medo pavoroso de te perder, me faz muito mais submissa e muito maior. Esta angústia não me destruirá porque vem de ti. E eu quero mais do que nunca viver para te servir quando necessitares. Ficarei alimentando sempre mais do que nunca viver para te servir quando necessitares. Ficarei alimentando sempre a vida do recanto, querido, aquecendo-o para quando voltares. Eu cuidarei das flores. Eu te esperarei sempre. Que importa a dor, as lágrimas, o flagelo imenso? Eu sei que voltarás sempre. E é desta certeza que eu preciso sempre. Eu viverei exclusivamente te esperando sempre. É preciso que acredites nisto de um modo absoluto. Por isto não quero que me beijes agora. O meu amor, assim, será o teu apoio, a tua força, a tua confiança em ti. E é só o que quero. Isto é tudo o que tenho para te dar com a minha ternura. Se te sentes muito forte, vai, meu amor. Não fiques onde existo. É muito frágil este recanto que só comporta, por ser imenso, tuas lágrimas, e a ti muito pobre e pequeno. A tua força, a tua impetuosidade poderão destruí-lo. Eu te vejo muito jovem e muito forte. Vai, meu amor. E volte humilhado, depois.

    Não sabes ainda o valor de teu refúgio. Saberás um dia. Mas não o percas. Vai agora, meu amor. Sabes que eu muito vou sofrer com isto, mas sabes que eu sou capaz disso por ti. Estás forte e preparado para a viagem. Ficarei com a tua ausência, com a minha dor e amor. Talvez tu mesmo ignores mas eu sei que fiz alguma coisa por ti e isto me encanta. Não calculas como te beijo os olhos. Vai, meu amor, se queres voltar.

M.
Desfibra-me com toda crueldade. Não quer amar. Não precisa amar. Quer exclusivamente ser amado assim. Fica porque sabe que só em mim encontraria um amor assim. E cada dia se apossa mais e mais. Basta que me olhem os seus olhos de água. São verdadeiramente olhos de água. Dão-me a impressão exata de duas gotas crescidas que a todo momento vão tombar. Preciso ter sempre minhas mãos preparadas para recolher estas grandes gotas profundas e cheias. Não. Não quis que me beijasse. Eu quero beijá-lo mas não o encontro nos seus beijos. Mas por que o prefiro assim distante? Se o amo, por que temer apertá-lo todo contra mim? Não me envolve toda com as pulsações que sinto de longe? Não amo por acaso suas carícias que me transportam totalmente para não sei onde? Elas me fazem senti-lo bem meu e no entanto prefiro que se conserve distante para que eu perceba de longe os olhos de água que podem cair. Foi assim que o vi nascer. Foi assim que o amei. E só assim o sinto verdadeiramente. — Todos o repudiavam, insultavam, humilhavam. Mas eu o amei. Eu o vi tão alto que nada ousei esperar. Amei-o violentamente, sem a menor esperança a não ser amá-lo até a minha morte. Confundi-lo com a morte. Está a alguns passos de mim. Assim vejo palpitar toda a riqueza, a maior riqueza que possui. O que me prendeu a vida, o que me penetra, para me fazer viver, lá no fundo de mim mesma, para fazer transbordar minha ternura em extensão que nunca julguei possível existir. Vai lá onde nunca nada chegou para arrancar-me de mim mesma.

E este tesouro de sensibilidade que ele possui que homem nenhum possui. Que o faz único e maior que todo o mundo. É possível que ele mesmo desconheça a potência desta fonte que jorra tremendamente a meus olhos, que empolga e atordoa, que provoca em mim o aniquilamento da morte. Como é poderosa e como o transforma sempre a todo o tempo. Como é visível para mim. Como é impossível sorrir diante desta imensidade estranha muito mais possante que sua inteligência. Ela se desmancha em torrentes vivas dominando os lábios trêmulos. Creio então em tudo que é sobrenatural e divino. E me intimido dentro de minha necessidade premente de ser sacrificada. Disponho-me a toda espécie de holocausto pois me apavora, verdadeiramente me apavora o saber que me envolvem estas vibrações. Surpreende-me a ousadia de aceitar sem antes esmagar-me que os seus olhos me fitem, que o seu sorriso me invada, que possa ouvir as palavras de carinho que repercutem em mim dolorosamente. Só então sinto aquele que amo.

M.
Entrou como um Deus. Como triunfas agora. Mas detesto-o por isso. Não posso permitir que seja tão frívolo e medíocre. Que se afaste tanto do que tem de mais alto. Como pode se interessar por assuntos tão mesquinhos. Como pode ter prazer em passar horas e horas conversando e rindo com esta gente toda que lhe é inferior? Não. Não entraste neste riso. Não podes rir assim.

Que tremendo esforço para lhe dizer alguma coisa. Como podem ser minhas estas palavras? Perceberá que nunca sei o que estou falando?

Se ao menos eu fosse muito forte eu lutaria muito. Mas o que eu tenho de força é para ele. Mas como dar-lhe esta força se eu me sinto tão fatigada, se a minha força se desmancha toda em minha ternura. Eu hoje lhe disse: "Só o meu amor tenho para te dar. Nada mais tenho que o meu amor". Personalidade? Vontade? Desejo? Tudo desapareceu. Sou uma criatura que nasceu ontem. Sou só amor. Não me lembro de mais nada. Não quero saber de mais nada. Os meus estudos antes tão caros o que significam para mim hoje? Poderei ao menos pensar em estudar? Nada mais sei que tremer todo o tempo, comovida. Nunca lhe poderei dar mais do que meu amor.

M.
Desejo sim beijar-te. Cada parcela de teu corpo sinto vibrar de forma diferente. Eu te quero todo. Eu quero o teu corpo. Não é a ti que eu afasto. Mas é a ti que eu quero e às vezes quando te procuro avidamente sinto que alguém tomou o teu lugar. Num segundo eu te sinto desaparecer. Vejo então que não me possuis toda. E eu quero entregar-me toda. Perdido no meio dos outros não te sinto. Não és o mesmo. Tu me apareces apenas em relâmpagos e fica um homem que fala até outra linguagem.

Tu ris. Eu detesto o teu riso. Ele não é verdadeiro. Quando tu ris as minhas lágrimas contam que sofres.

Que medo tenho que te irrite o meu silêncio.

Eu sei que não me queres olhar. Queres resistir. Lutas muito por isto.

Nunca terás tranquilidade. Eu não quero que tenhas a tranquilidade embora admita que a desejas.
    Eu desprezo a tranquilidade e o conforto. Eu quero dar-te a vida na inquietação. Só assim viverás comigo, mesmo longe de mim.

Não é um poema apenas. Existe alguém capaz de um amor assim. Eu sou este alguém. Eu sou capaz de um amor assim. Eu amo assim.

Lias o poema do Monge Vendt.*

"Não esqueço nunca que fui eu e não outra mulher que escolheste..."

E não senti mais que era demais ao seu lado. Estás lendo. Não duvido de tua presença agora. Ela é sempre tão rápida. Mas estás presente. Não calculas como receio que te incomodo com minha comoção excessiva. Estás aqui. Nada pode me dar tão profundo prazer.

Até que começo a ter medo. A tua voz pouco a pouco me enche de medo. Como é inumana e igual como se estivesse parada dentro da atmosfera sensível.

São rajadas de dor e de intranquilidade. Convergem de ti, chicoteando-me sobressaltos e angústia, a mesma angústia que eu percebo em ti, que nunca dissiparemos porque nunca admitiremos que se dissipe. Nos momentos mais calmos ela existe lá no fundo de mim e de ti. E é quem nos unirá até a morte. Tu me deste tanto de ti. Eu te dei tanto de mim que mesmo uma separação material definitiva não poderá dissolver o que misturamos.

Nunca terei tranquilidade. E alegra-me isto.

Tenho certeza de teu amor. Mas eu admito e admitirei sempre a ideia de perder-te um dia e talvez queira sempre admitir isto.

M.
É sempre inexplicável o que se sofre e por que se sofre. Penso que é da impossibilidade de explicação que deriva a maior

---

* Possível referência a *Monge Vendt*, um drama em verso de Knut Hamsun publicado em 1902. Talvez ela tivesse a tradução francesa. Ou ainda uma referência a outra obra de Hamsun, *Vitória*, na qual o personagem Johannes publica o poema "Labirinto do amor" com o pseudônimo do Monge Vendt.

angústia. O meu tormento faz-me voltar contra a humanidade infecta e indesejável. Aniquila-me todo este movimento do mundo. Tenho os músculos crispados e agressivos contra qualquer ruído de passos, contra a claridade. Todo o dinamismo físico reaparece intensificado. E a vontade de utilizá-lo em demolições. Penso que estou fazendo um esforço enorme para não espatifar tudo e todos.

O que não farei por ti? Se ao menos existissem para mim os sacrifícios.

M.
Pode achar-me tremendamente ridícula. Toda minha vida tenho sido ridícula. No entanto por tudo te dizer não sinto por mim nenhuma repugnância. Sei quanto é ridículo tudo que falei. Nada mais me impede de te mostrar o que sou. Poderia ter respondido com uma gargalhada, com lágrimas ou com: "Isto passa". Preferiste sentir. Talvez não quisesses sentir-te tanto. Eu me entrego agora nua, completamente nua, sem o menor pudor. Vê. Contempla meus aleijões. Eu me atrevo a mostrar-te toda ruína que sou. É possível que te sintas muito em mim, que encontres abjeções comuns e que isto te horrorize. É possível e justa a repulsão. Que acabes não me suportando. É possível que minha nudez te afaste quando cessar a imposição do imperativo categórico sentimental. Nada disso me importa. Nada mais me impedirá de ser sinceramente ridícula. Poderei te perder. Mas poderá fugir-te?

M.
Nunca mais terás sossego. Viverás sempre dominado pela inquietação e tormento. Não és como os outros. És uma criatura excepcional. Há homens que tem algo de ti. Há indivíduos

céticos e amargurados que andam por aí como personagens pirandelianos exaltando a dúvida, gritando contra a vida e contra tudo. Estes se adaptam "superiormente" à vida catando justificativas para os meus grilhões na lama. No íntimo não passam de *ratés* esperando oportunidade. Estes esperam uma solução da vida, ainda que seja a não solução. Tu não esperas nada da vida, sabes que és ridiculamente humano. Sabes que não tens lugar. Por isso ris cruelmente de ti. Tu te sabes ver. Não consegues esquecer de ti mesmo. Tens a visão e a sensibilidade que só os gênios possuem, mas com a vantagem de não seres gênio. Consegues recusar-te isto. Encontrarias harmonia e equilíbrio na loucura se conseguisse chegar lá. Mas a loucura te revolta porque não queres a harmonia e o equilíbrio.

M.
Há qualquer coisa imensa. Eu pressinto a existência de qualquer coisa muito grande. Mas não sei o que é nem onde encontrar.

M.
Eu digo sempre talvez. Poderei por acaso distinguir coisas realmente precisas? Como subtrair desta avalanche que é o meu mundo algo coerente, direitinho, com sequência? As ideias me escapam, escorrem entre meus dedos, transformadas. Elas ultrapassam a própria capacidade. Talvez tudo seja apenas covardia diante das possíveis decepções e sofrimentos. No íntimo não desejarei eu a tranquilidade? Suponhamos que fosse possível encontrar o oásis e prolongá-lo indefinidamente. Que ele não fosse varrido por minhas próprias mentiras.

Era um cantinho cheio de ternura, eu animando, te fazendo crer que os sofrimentos terminariam. Eu mesma procurei tanto me iludir. Não é a consciência da impossibilidade que produz esta angústia?

O que me faz procurar a angústia? A única razão de minha angústia? Não contam nada os temores e desilusões de toda minha vida? Mas a tranquilidade me afasta de ti. És o sobressalto, a angústia, o pavor, a morte. E eu quero tudo isto porque é tudo isto.

O meu pensamento se modifica vertiginosamente. Todas as perspectivas, aspectos, sentimentos são modificados também. Tudo é tão rápido que deve haver coincidência no tempo ou não deve haver tempo. Eles todos ocupam o mesmo lugar. No mesmo instante penso de diversas formas e sinto de diversos modos.

Se eu pudesse ter um filho teu. Que tenho eu com a vida e o bom senso? Eu só penso monstruosidades. E que sejam monstruosidades, ninguém tem nada com isso. Por que repelir este desejo abstrato? Se é apenas uma ideia.

Eu sei que mereço tuas risadas cruéis. Podes desprezar-me, humilhar-me, esbofetear-me se quiseres. Já não me importa mais o que possas pensar de mim. Antes eu tinha essa preocupação sempre e com tal persistência que constantemente me atordoava a ideia de gafes e desastres. A artificialidade me amargurava. Há todavia o receio. Mas que não me impedirá de ser sinceramente ridícula e monstruosa.

M.
Tudo o que falo e faço é dito e feito a minha revelia. Há um impulso qualquer muito poderoso dominando, instigando minha ação. Nem sempre surgem colisões entretanto com o meu desejo. Existe uma sensação aprovadora que muitas vezes vê neste impulso inexplicável um auxiliar das forças mortas de defesa. Não existirá uma subserviência a um pretenso determinismo que eu me recuso a analisar? Mas não percebo nenhum sinal

de resignação. Antes revolta. E uma revolta dinâmica lutando com intensa energia contra as impossibilidades. Não admito a derrota. Não aceito o esmagamento. Não entregarei os pontos à impotência. Prefiro continuar arquejando. Tenho que me atirar a qualquer coisa, realizar qualquer coisa ainda que seja monstruosa. Por que aparentar uma paciência que não tenho? Uma resignação estoica que não admito? A resignação é imoral para mim. Não sei para onde vou. Mas irei. Não posso permitir que qualquer coisa "chegue". Tenho que "ir" a seu encontro. Como eu detesto o tempo quando o sinto. Tudo me apavora. Mas que tudo seja logo.

M.
Um dia eu me deitei no morro de Pompeia. Era tão bom. Mas havia flores e cheiro de capim.

M.
Só sei falar de ti, meu amor. Eu sei que sou enfadonha. Não sei o que fazer de mim. Só encontro ternura e adoração. Quando tu chegas quereria falar-te de coisas que te interessam, que te distraiam. Não consigo nada. Nem mesmo ser mediocremente natural. Tal a minha confusão.

✳

Chegas, és a própria febre. Nem parece que me tens faltado nas últimas insônias. Pensei que nunca mais viesses. Não estás morto então? Vens e me beijas como antes. Toda a tragédia palpitante dos teus lábios. Por que me fugiste tanto tempo? Não percebes que se tenho vivido é só na esperança de te encontrar ainda? Eu tenho te chamado tanto. Não. O outro nunca me exaltou como tu me exaltas envolvendo-me de dor. O outro é dissimulado, falso, compassivo. Tonto e criança. Nada me diz, tem sempre pena dele e de mim. Por isso nunca lhe pergunto nada. Por isso nada sei dele. Está sempre fechado numa casca. Nem o sinto. Ele se parece muito contigo. É por isso que às vezes eu me iludo e vou te procurar nele. Tu és diferente. Mas tanto tempo estiveste longe. Quanto temi que não voltasses mais. Tu que conseguiste criar em mim o subjetivismo profundo. Tu que nasceste dentro de mim. Tu que me revelas hoje o teu valor extraordinário produzindo este incrível fenômeno de magia. Diga-me ao menos onde estás quando não estás. Eu irei lá. É a ti que eu amo.

Irei onde estiveres. Não me abandone tanto tempo sozinha nesta casa de fantasmas. Eu perdi os sapatos correndo na tempestade. Os meus pés estão cheios de lama. Eu te chamava correndo na chuva. Não via nada. Volte logo. A sala é grande demais. Quem está rindo lá em cima.

O outro é desleal porque tem medo de me perder. Que bobo, que bobo! Por isso se fecha na sua casca. Ele teme o meu julgamento. Ele não percebe nada e destrói tudo. Como amá-lo sem as suas fraquezas?

E só percebo a casca.

*

H.
Minha humilhação. Meu amor!

Eu estou só. Só com a minha dor imensa, só com a tua dor. Eu sinto o sangue que jorrava com os teus insultos. Teu sarcasmo vulgar, tuas ofensas horríveis não te esconderam de mim porque nada te esconderá de mim. Onde quer que tu estejas eu te verei. Podes te sentir incapaz de tudo, podes beijar a lama porque cada vez serás mais o meu amor. Eu sei que minhas lágrimas não te comovem. Agora tu só podes ter piedade de ti.

Mas eu te amo, eu te amarei ainda. Tu podes me humilhar, me ofender, mas eu te amo, te amo.

J'implore ta pitié toi l'unique que j'aime.* Não. Não quero tua piedade. Eu quero teu desespero, minha humilhação. São duas horas e sinto uma febre imensa. Ouve, querida, eu quero te dizer tudo. Tu te recordas quanto tardei em me chegar a ti. Eu temia não ter forças para te fazer me amar, eu temia que tu não me visses como eu sou, que tu não visses o absoluto de meu amor por ti. Mas eu me senti forte para te levar a um mundo meu longínquo e belo e eu te disse: vem!

E meu amor não bastou! Que tremenda humilhação! Como eu te adoro por todas as dores que me deste, que dás! Mas ouve: eu não permitirei que eu, que tu, voltemos à lama. Se não pudermos atingir o que eu queria, o que atingimos, eu tenho força para não permitir que eu que tu voltemos ao nojo, à putrefação.

Hoje eu te senti. Como tu sofres, como eu sofro. Que te fiz eu para me humilhares tanto? Perdoa! A humilhação não é humilhação porque vem de ti *mon ange et ma passion*.** Eu me inoculei em ti. Nunca mais serás livre! Se estivesses aqui minhas mãos entrariam em teu corpo e de meus lábios escorreria o sangue de tua carne.

Querida! Meu amor! Teu amor é tão sublime que eu me sinto pequeno em tuas mãos. Eu sou teu [?]. Perdoa. Eu te amo. Uma palavra para o meu desespero. *Et je te trouve chaque toi plus.**** Eu não tenho vontade, eu não tenho nada mais, só o teu sublime amor, só o meu amor imenso. Eu te espero. Eu quero morrer contigo.

---

* Charles Baudelaire, "De Profundis Clamavi". In: *As flores do mal*. Em português, "Imploro-te piedade, meu único amor". Trad. de Júlio Castañon Guimarães, op. cit., p. 109.

** Id. Ibid., "meu anjo, paixão", p. 107.

*** Em português, "E eu encontro você cada vez mais".

Ainda te sentes débil? Vai. Mas deixa o teu desespero no meu, deixa-te em mim. Eu serei o cão na tua estrada, eu ficarei silencioso. Mas deixa-me seguir-te. Deixa que minha presença te torture sempre. Não há pântano que te cruzes que eu não possa atravessar com a esperança de tua volta. Humilha-me, insulta-me, eu te seguirei sempre. Eu sei que voltarás. Eu. Tu.

Um dia — eras nojenta. Estavas em meu quarto. Eu abri um livro dizia. *Si je t'aimais et si tu m'aimais, comme je t'aimerais.** Nunca eu me esqueci disto. Hoje eu te amo. Infame a que *je suis lié comme le forcat à la chaîne*** eu te amo, eu te amo, eu te espero, eu tenho fé ardente, eu tenho desespero, eu tenho teu amor, eu tenho tudo. Na honestidade do meu desespero eu sinto as vergastadas de tuas carícias que me deste hoje.

H.
Através do silêncio infinito do tempo ouvem-se os cânticos do homem que passa.

Que não fiquem os andrajos deste dia para humilhação do dia de amanhã.

Enquanto eu vinha vindo a vossa procura. O tempo estava afinando as cordas do alaúde. Só ouvi sua música quando vos encontrei. Em vossos beijos, meu amor, os dias que hão de vir confundem-se. Neste dia sem fim. Minhas canções dou-as em recompensa pelas horas inestimáveis.

---

* Citação de *Toi et moi* (1913), do poeta francês Paul Géraldy. Em português: "Se eu te amasse e me amasses, como eu te amaria".

** Charles Baudelaire, "O vampiro". Em português "que estou ligado/ Como o forçado a seu grilhão". Trad. de Júlio Castañon Guimarães, op. cit., p. 111.

O amor me diz que a morte é qualquer mal-entendido na vida. A vida é uma constelação: Na treva espessa, as estrelas brilham às vezes.

Noite embora o vasto silêncio ansioso espera pelas asas do infinito.

Eu me admiro sempre diante de ti de não ter sido feito como a floresta que abre em flores o coração. Como uma estrela de linguagem de luz.

Amo. E agora sei o que há de verdade no que a gente vê. Porque ir pela vida como a criança que vai voltando as páginas de um livro e imagina que está lendo!

O azul criador do céu escuta o azul loquaz da terra sobre o mar.

Fiz brinquedos para o tempo que, como um infante, alegremente os tomou, quebrou-os e descuidado se esqueceu. Assim o desolado espírito do que se foi não volta chorando em busca do seu corpo.

Eco, o fantasma, é uma voz viva porque é irreal.

A fadiga vem como uma noiva beijar a força indomável em uma rendição.

Deixa-me ofertar, querida, a minha derrota ganhando tu mesma em recompensa.

H.
Eles vêm sobre mim, debalde eu grito: *"que savez vous de la tendressse qu'it, qu'elle pent inspires, bons que veulez faire une compte exate de ses qualités et desses defauts"*.* Que temos de comum com

---

* Citação de Rabîndranâth Tagore, *La Jeune Lune*. Trad. de Henriette Mirabaud-Thorens. Paris: NRF, 1923, p. 28: "Que savez-vous de la tendresse qu'il peut inspirer, vous qui prétendez faire un compte exact de ses qualités et de ses défauts?". Em português: "Que sabeis vós da ternura que ele pode inspirar, vós que pretendeis dar uma ideia exata das suas qualidades e defeitos?".

esses seres horríveis? E minha voz aflita ecoa. Sejamos impiedosos, querida, sejamos cruéis, mas tenhamo-no. Agora eu compreendo tuas palavras ao menos uma hora... Querida, dá-me tua mão. Vamos, caminhemos, sempre assim tu ao meu lado, eu diante do céu. A poeira do tempo e do espaço não nos atingirá. Eu te amo.

M.
É brutal o que fazem conosco. O tempo e a distância. Você ficou ainda muito comigo mas agora tornei-me miseravelmente egoísta cheia de necessidades. Não sei o que fazer do tempo. Já estou no fim do livro de Chevalier sobre Pascal — Pascal extraordinário. Nunca pensei que fosse tão notável.

Mas há certos aspectos que prefiro contra outros. Principalmente quando na época de transição inquieta. Parece que fazia todo o esforço para conseguir provar fisicamente a existência de Deus. E na sua humildade como é fabulosamente orgulhoso. Evidentemente não posso avaliar com precisão a sua contribuição científica. Mas consigo distinguir que é grandiosa. Ele tem todo o direito de desprezar a matemática dos homens. — E que angustia diante da impossibilidade. Até a humildade a que se submete com orgulho e vaidade. Para mim Pascal é toda a emoção e amor. Recorda este trecho? "Nossas amarguras e nossas misérias são resultado do meio em que vivemos que não é capaz de satisfazer esse desejo de conhecer e preencher estas necessidades de amor." Estou lendo simultaneamente Chevalier, e *Pensées** que me agrada e facilita a compreensão.

Não sei se é minha sensibilidade minha maneira de ser que descobre em Pascal um desgosto sutil na sua resignação mística de grau superior da impotência humana. Isto ao lado de

---

* Referência a Blaise Pascal, *Pensées* [ed. bras.: *Pensamentos*. Trad. de Felipe Denardi. Campinas: Kirion, 2023].

desafio de quem conseguiu a graça — a realização em vida do amor sobre-humano.

— Os seus sentidos ansiavam por Deus. Um Deus com quem pudesse conversar. Segurar deus.

— Certos trechos deixam ver claramente a revolta contra a vontade superior que o fez injustamente pequeno e miserável.

— Talvez eu lamentasse Pascal ter chegado a encontrar Deus se não sentisse que ele o transporta para sua própria pessoa. Não posso admitir que ele reconheça superioridade em algumas coisas que não sejam obra sua.

— Quereria penetrar a fundo no pensamento de Pascal, devassá-lo com um punhado de diretivas.

H.
Por que me deixaste tanto tempo sem uma palavra tua? Eu queria falar-te muito, muito, de Pascal, das suas dores, das suas humilhações que nos lançam de frente ao infinito. Tenho medo de magoar-te prendendo-me demasiadamente às tuas palavras, mas parece-me que resistes a Pascal, que opões muito tu mesma a ele. É, creio eu, preciso se abandonar, deixar que ele nos fecunde. Essa fecundação humilha muito, mas dignifica, abate, mas nos dá o azul. Não conclui. Não faz paralelos. Põe-te de joelhos, deixa que ele se dirija a ti, ouve atenta, contempla a sua fisionomia... depois chegarão as conclusões, se conclusões houver, porque o dogmatismo de Pascal não engana. Ele é pobre de verdades.

É rico de vida, mas é preciso ver a vida mística requintada até a liturgia que emana das suas palavras. Não temas as palavras... É preciso comungar Pascal, tomar o seu sangue e bebê-lo, o seu corpo, e comê-lo. Sim, tu entendes apesar dessas palavras mortas.

Tenho passado mal, nervoso, esgotado. Mas parece que vai a minha vida tomando uma relativa ordem, espero em breve fazer-te uma surpresa. Mando-te esse livro de Dosto: inútil palavras, quero falar dele contigo. Li-o todo ontem. Me emocionou tanto, tanto que ao cabo tive que sair, andar, e andei muito, em pranto, nessas ruas imundas e desertas.

Não me deixes tanto tempo sem notícias tuas. Se soubesses quanto tenho sofrido... e é teu meu sofrimento, meu amor é impossível escrever. Só quando estiveres ao meu lado e eu banhar as tuas mãos em minhas lágrimas, tu verás o quanto eu te amo. Agora eu te beijo muito, muito, minha vida querida, minha luz.

H.
Quem tem confiança em seu destino não teme as lágrimas.

Pode-se vencer com elas nos olhos. Mas eu perderei a minha confiança se te perder. Eu nada mais quero e nada mais mereço senão a tua piedade.

Choro muito por mim mesmo. A desgraça é enorme. Ah! Se tu pudesses, se tu quisesses me beijar ainda. Eu te imploro as tuas mãos. Eu sou teu. *J'y rest.**

M.
Ficarei parada na fonte amarga. As minhas mãos permanecem estendidas na direção de teus olhos, esperando que as lágrimas voltem.

H.
Há tantos mundos pelo tempo, em que mundo irei te encontrar, em que mundo tu vives, minha vida querida? Lá no mundo da lua crescente há um jardim vazio... Há mil anos eu choro nele... As sombras não conseguem enchê-lo, é preciso a luz que brota de ti... Um dia eu saí do jardim encantado e tu não fostes me

---

* Em português: "Vou ficar".

buscar... as flores caíram das minhas mãos... Só podridão havia. Acendi a luz para ver o meu corpo... está negro, todo se desagregando... vai se formando a poeira, a poeira que irá pelo espaço e pelo tempo a tua procura. É agora que preciso de ti... Por que não vens? Até tu encontrares desculpas para trair-me?

H.
Fomos os dois... Tu tinhas medo e seguravas com força o meu braço que tremia, mas de teu corpo veio um perfume suave, suave e então eu caminhava apressado...

Quando te busquei tu te havias ido e o perfume desaparecera.

Mas tuas mãos ficaram em meu braço, ele armou-se, matou velhos e crianças, cometeu crimes horríveis buscando o perfume que sentira em ti. Uma vida passou, um mundo, outra vida... Os mundos desabavam sobre mim.

Mas eu caminhava ainda sem piedade tremendo de pavor de não te achar. Um dia houve a piedade. Lágrimas de sangue eu chorei uma vida, mas outras vieram e eu lancei-me no infinito predestinado.

H.
Para minha princesa longínqua.
    Em vossa casa feita de cadáveres.
    Ó princesa.
    Em vossa casa, de onde o sangue escorre.
    Quisera eu morar.
    Cá fora... é o vento... são as ruas cheias de pânico.

Princesa! Acordada sois mais bela, princesa!
E já não tendes o ar contrariado dos mortos à traição.
Arrastar-me-ei pelo morro e chegarei até vós.
Tão completo desprezo se transmutará em amor.

Dai-me vossa cama, princesa
Vosso calor, vosso corpo!

Sutil flui o sangue nas escadarias.
A! Esses cadáveres não deixam conciliar o sono,
Princesa!
O corpo dorme! Dorme assim mesmo!
Imensa *berceuse* sobe dos mares
Desce do astro branco acalanto
Leves narcóticos brotam na sombra
Doces unguentos! Calmos incensos
Princesa, os mortos! Gritam os mortos!
Tocai tambores, tocai trombetas
Imponde silêncio, enquanto fugimos
... Enquanto fugimos para outro mundo,
Que este está velho, velha princesa,
Palácio em ruínas, ervas crescendo,
Lagarta mole que escreves a história,
escreve sem pressa mais essa história.
O chão está verde de lagartas mortas
Vamos princesa, para outra vida.

H.
O infinito é pequeno para mim. Eu hei de te encontrar nele. Esse é o meu *avertissement*.*

H.
Levanta-te, minha amada, e torna comigo ao nosso ninho de amor. Eu te busquei esta noite ao meu lado, busquei-te e não te encontrei! Ergui-me à luz das estrelas e rodeei como um louco o mundo e não te achei! Busquei-te pelas matas, pelos vales e pelo monte e

---

* Em português: "anúncio".

não te descobri! Chamei-te e não me respondeste! Perguntei às águas do mar, às árvores do campo, aos ventos do espaço, se tinham visto aquela a quem ama a minha alma, e todos eles não souberam dar novas tuas, e eu aqui estou; eu vim e não tornarei sem te levar comigo! Vem! Na tua ausência fiz um leito de madeiras aromáticas e alcatifei-o todo de flores para te receber, colhi os mais saborosos frutos para a tua chegada e fermentei a uva mais doce para nos embriagarmos com ela! Acompanha-me de novo para a minha vontade! Vem beber o meu vinho, comer dos meus frutos, amar do meu amor, reviver do meu sangue! Vem!

Se preciso de tuas palavras?

Que será desse abismo sem elas?

H.
Tu conheces o desespero?

Tu sabes o que é angústia, princesa?

Tu dizes que és minha. Então faze o que quero. Tu deixas que eu seja o teu senhor brutal? Não, tu nem responderás essa pergunta. Tu és minha, nada me separará de ti, nada te livrará de mim. Faze o que quiseres, far-me-as sofrer mas não deixarás de ser minha.

H.
Na tua ternura imensa teu egoísmo deve permitir que vejas as lágrimas de sangue em meus olhos. Eu sou um farrapo aos teus pés...

Dá-me os meus olhos. Que fizestes de meus olhos? De minhas asas?

Prends pitié de ma grande miseré.* Que me importa que me

---

* Possível referência a Teresa de Lisieux, poema "Jésus, mon Bien-Aimé, rappelle-toi!", estrofe 12, verso 3, Evangelho sétimo, e também a Charles Baudelaire, "Litanias de Satã". "Ó Satã, tem piedade de minha miséria!". Trad. de Júlio Castañon Guimarães, op. cit., p. 397.

ames ou não se não posso deixar de te amar nem vivo nem morto? Morte estúpida para tanta vida! Vida canalha!

    Piedade? Piedade de ti? Ouve, eu te direi o maior insulto, a pior coisa que podia te dizer: Eu te amo.

M.

Eu te encontrarei para uma hora [?] vontade brutal ainda que tudo se dissolva depois.

M.

Para que desejar ainda v. corpo imundo se o que amo me acompanhará até a morte? Por que este medo, este pavor da decepção, esta ansiedade [?] que me prometeste. Ou me darás ainda esta terrível decepção de morrer sozinha com as mãos desesperadas te procurando na escuridão.

H.

"Il y a dans la vie de certaines âmes de brusques voltes-faces, où, prises d'une haine violente contre l'objet de leur culte, elles brûlent ce qu'elles ont adoré et adorent et qu'elles ont brûlé."*
Malheureux celui qui verra la lumière pas, qu'il vivrá dans les ténèbres.**

---

* Citação de Édouard Schuré, "L'Individualisme et l'anarchie en littérature: Frédéric Nietzsche et sa philosophie". *Revue des Deux Mondes (1829-1971)*, v. 130, n. 4, 1895, p. 777. Disponível em: <www.jstor.org/stable/44761868>. Acesso em: 6 set. 2023. Em português: "Na vida de certas almas há reviravoltas repentinas, onde, tomadas por um ódio violento contra o objeto de seu culto, queimam o que adoraram e adoram o que queimaram".

** Em português, p. 105: "Infeliz é quem não vê a luz, viverá nas trevas". Possível referência bíblica não localizada.

Coisas para o ninho
Um cobertor grande grande
3 colchas brancas grandes
6 lençóis
8 fronhas
4 toalhas de banho (*I have two*)
6 toalhas de rosto
3 pijamas para G.
3 pijamas para Pat
3 camisolas para Pat
(Muitos beijos na última meia dúzia)
Carvões acesos, permanecendo.

Anexos

Breve cronologia

1934

Junho
Hospeda-se na casa da cantora Elsie Houston e do poeta Benjamin Péret, em Paris, depois de uma volta ao mundo que começou em agosto de 1933 no Rio de Janeiro. Patrícia Galvão esteve nos Estados Unidos, Japão, China, União Soviética, Polônia e Alemanha. Milita no Partido Comunista Francês, junto às Frentes Populares.

Agosto
É presa pelas autoridades francesas durante uma manifestação e expulsa da França, mas consegue escapar das autoridades até o fim do ano.

1935

Janeiro
É operada em um hospital parisiense devido a uma hemorragia uterina.

Fevereiro
A polícia francesa produz retratos dela. Quando o Conselho de Guerra está prestes a extraditá-la para a Alemanha nazista ou a Itália fascista, o embaixador brasileiro Souza Dantas intervém e consegue repatriá-la.

Outubro
Embarca no porto de Havre no dia 4 e chega ao Rio de Janeiro no dia 23.

Novembro
Levantes comunistas em quartéis de Natal, Recife e Rio de Janeiro. Milhares de comunistas e/ou simpatizantes são presos.

Dezembro
Trabalha no jornal *A Plateia*.

1936

Janeiro
É detida e indiciada pela Delegacia de Ordem Social e Política de São Paulo (Deops/SP). Cumpre parte da pena

no presídio político Paraíso, no bairro de mesmo nome, e depois é transferida para o presídio político Maria Zélia, uma instalação provisória sediada numa antiga fábrica de sacos de juta no Belenzinho.

Março
Por falta de provas é absolvida pela Justiça Federal da acusação de ferir a Lei de Segurança Nacional, conhecida como Lei Monstro. No entanto, as autoridades do Deops optam por mantê-la reclusa, como forma de prevenção: "É como se fosse Patrícia Galvão solta por efeito da sentença absolutória, e de novo fosse detida por efeito de achar-se o país em estado de sítio".

Novembro
Faz greve de fome com sua irmã, Sidéria Galvão, e outras presas, exigindo melhores condições prisionais.

Dezembro
Escreve, com a irmã e outras presas, um manifesto contra o Tribunal de Segurança Nacional, exigindo justiça constitucional.

1937

Janeiro
O Tribunal Superior Militar anula a sentença que absolvera Patrícia Galvão em março de 1936 e a condena, incursa no grau médio do artigo 23 da Lei de Segurança Nacional.

Junho
É internada no Hospital da Cruz Azul com sérios problemas gástricos.

Outubro
Foge do Hospital da Cruz Azul com ajuda de Geraldo Ferraz.

Novembro
É decretado pelo presidente Getúlio Vargas o Estado Novo, período de ditadura declarada que vai durar até 1945.

1938

Janeiro-março
Estaria no Rio de Janeiro como representante da facção trotskista do Partido Comunista para atuar junto a outras organizações com a mesma orientação política.

Abril
É presa no Rio de Janeiro e condenada, juntamente com membros do Partido Operário Leninista, a mais dois anos de prisão pela Lei de Segurança Nacional. Cumpre a pena no Pavilhão dos Primários e na Casa de Detenção do Rio de Janeiro. Sofre torturas físicas nesse período.

1939

Escreve *Até onde chega a sonda* na Casa de Detenção. É incerto se no Rio de Janeiro ou em São Paulo.

Fevereiro
Escreve "Carta de uma militante", durante a prisão no Rio de Janeiro. O texto é veiculado pelo *Boletim*, publicação clandestina do Comitê Regional de São Paulo do PCB (Dissidência Pró-reagrupamento da Vanguarda Revolucionária, São Paulo, março de 1939).

Março
É acusada de trotskista e formalmente expulsa do Partido Comunista do Brasil junto com outros membros da organização. *Contra o trotskismo. Resolução do C.R. de S. Paulo do PCB (Seção da I.C.) expulsando o grupo Fracionista--Trotskista*. São Paulo, março de 1939.

Outubro
É transferida da Casa de Detenção do Rio de Janeiro para a recém--inaugurada ala especial de presos políticos na Casa de Detenção de São Paulo, que ficava na avenida Tiradentes, a pedido da família.

1940

Julho
É posta em liberdade depois cumprir três meses a mais da pena estipulada na segunda condenação.

Fontes: *Prontuário n. 1053, Patrícia Galvão*. Fundo Deops/Apesp; Adriana Armony. *Pagu no metrô*. São Paulo: Nós, 2022.

Pagu' e sua irmã Siderea foram presas pela delegacia de Ordem Social

Apprehendida grande quantidade de material communista e documentação valiosa sobre as actividades de ambas nos meios intellectuaes — Foi detido tambem o agente do Soccorro Vermelho, Ernest Joshe

Ha bastante tempo que a delegacia de Ordem Social procurava deter Patricia Galvão, conhecida nos meios intellectuaes pelo pseudonymo de "Pagu'", de forma que ficasse apurada a sua intervenção nos trabalhos de propaganda communista entre nós.

A policia procurava tambem a irmã de "Pagu'", Sideria Galvão, professora do grupo escolar de Santo André.

Hontem, o delegado de Ordem Social, sr. Venancio Ayres, conseguiu deter as duas irmãs.

Foram presas as irmãs Galvão em um predio do Bosque da Saude. "Pagu'", na occasião, procurava se communicar com dois individuos desconhecidos, que tambem foram presos.

Por determinação do sr. Egas Botelho, superintendente da Ordem Politica e Social, foi lavrado auto de prisão em flagrante das irmãs Galvão.

Logo em seguida, a delegacia de Ordem Social realizou rigorosa busca na residencia de "Pagu'", á rua Domingos de Moraes, 192, sendo apprehendida grande quantidade de material de propaganda communista, livros, photographias, documentos de grande importancia, um mimeographo com todos os seus pertences, etc., etc.

OUTRA PRISÃO

A delegacia de Ordem Social prendeu tambem o allemão Ernesto Joshe, ex-empregado do Banco Allemão Transatlantico, de onde foi despedido ha cerca de um mez, devido ás suas actividades communistas.

O allemão Ernest Joshe é um perigoso agente do Governo Vermelho e agia, de commum accordo com Pagu' e sua irmã Sideria, não só na propaganda extremista como collecta de donativos para custear a propaganda revolucionaria.

O sr. Venancio Ayres esteve trabalhando até a madrugada, ouvindo as duas irmãs Galvão. O inquerito instaurado contem innumeras e pre-

PATRICIA GALVÃO (Pagú)

ciosas informações que darão margem a novas investigações em torno de outras personagens que até agora não estavam comprometidas.

A actividade da delegaca de Ordem Social recrudesceu, de hontem para hoje, em consequencia mesmo das declarações prestadas pelas irmãs Galvão e pelo allemão Ernest Joshe.

Lista de livros e documentos apreendidos em 1936

Extraído do auto de exibição e apreensão feito em 23 de janeiro de 1936, que relata o material apreendido na casa de Patrícia Galvão

LIVROS

A morte de Dom João
Guerra Junqueira

As virgens amorosas
Theo Filho

O clube dos valetes de copas
Ponson du Terrail

Cacau
Jorge Amado

Alguns anos depois
Sem autor

Pollyana
Eleanor H. Porter

A correspondência por uma estação de cura
João do Rio

Três campanhas
Moacyr Piza

Serafim Ponte Grande
Oswald de Andrade

A esquina
Fialho de Almeida

Jubiabá
Jorge Amado

Psicologia
A. de Sampaio Doria

Experiência número dois
Flávio de Carvalho

Geografia geral
Horacio Scrosoppi

A semana
Iuri Nikolaevitch Lebedinsky*

Fascismo e espiritualismo
Angelo Falcão

Concepção materialista da História
Gueorgui Plekanov

"O marxismo"
Vladimir Ilítch Lênin

O mundo socialista e o mundo capitalista
Josef Stálin e Dmitri Z. Manuilski

---

* No documento, consta E. Lebedinsky, conforme foi publicado à época. Trad. Cássio M. Fonseca. São Paulo: Pax, 1932.

Em marcha para o socialismo
Josef Stálin

O exército vermelho
Kliment E. Vorochilov e Luís Carlos Prestes

Dez dias que abalaram o mundo
John Reed

Cimento
Fiódor Gladkov

Cristianismo, catolicismo e democracia
Antônio Piccarolo

Die Starkerem
B. C. Wiskoff

Illustrierte Kultur und Sittengeschichte des Proletariats [Cultura ilustrada e história moral do proletariado]
Otto Rühle

Londres em La Bruma
Ricardo H. Arámburu

Alemania y la industria alemana
Hamburg-Südamerikanische Dampfschifffahrts-Gesellschaft [Companhia Sul-Americana de Navios a Vapor de Hamburgo]

Una peluca e un crimen
Typperari

Antes la muerte!
Tukotomi Kenjiro

Introducción a la psicoanálisis
Sigmund Freud

Pioneiros, Alerta! (Primer Congres Internacional de Niños) [Bruxelas: Ediciones Adelante!, 1929]

La revolucion de la ciencia...
Friedrich Engels*

Desarollo de la questión social
Ferdinand Tönnies

La decadencia del mundo antiguo
Ludo Moritz Hartman

Rusia em 1931
Cesar Vallejo

La edad media e nosotros
Pablo Luis Landsberg

La organización agraria en Rusia
Y. Yakoliev

Lujo y capitalismo
Werner Sombart

Carlos Marx: ensayo para un juicio
Robert Wilbrandt**

J'ai Quatorze ans
Alexandra Roube-Jansky

Germinal
Émile Zola

L'Origine de la famille
Fredrich Engels

La Maladie infantile du comunisme
Vladmir Ilítch Lênin

La Chine secréte
Egon Erwin Kisch

Le Mois
Synthese de l'activite mondiale

---

* Possível versão de *Anti-Dühring* (ou *A revolução segundo o senhor Eugen Dühring*).

** A informação de autor não consta no auto. Há um equívoco de acharem que este livro é de "Carlos Marx".

Élements de Psychologie expérimentale: nótions, méthodes, résultats
J. de La Vassiere

Histoires de Marins
*La Farce du Paysan**

Os gatos
Fialho de Almeida

O homem e o cavalo
Oswald de Andrade

Revolução e contrarrevolução na Alemanha
Leon Trótski

Aspectos da educação soviética
Albert Pietróvitch Pinkevich e S. T. Chatsky

O abecedário da nova Rússia
Iline

A verdade contra Freud
Almir de Andrade

Homem e máquinas
Larissa Reisnner

Princípios de pedagogia
Antonio de Sampaio Doria

Educação burguesa e educação proletária
Edwin Hoernle

Cobra norato
Raul Bopp

De la huelga a la toma del poder
Arnold Losovsky

A nova mulher e a moral sexual
Alexandra Kolontai

120 milhões
Michael Gold

Um número da revista *Cultura*, órgão do Centro de Cultura dos Bancários

Dois números da revista *Movimento*

Dois dicionários inglês-português e vice-versa

Um lote de músicas

Um álbum "estatística" publicado pelo governo russo, sobre o movimento de cinco anos do governo russo

DOCUMENTOS

Treze cadernetas com apontamentos sobre diversos assuntos

Um lote de jornais e recortes

Jornais como *Plateia*, *Manhã*, *LU* (editado na França), *Le Monde*, *O Aço Verde*, *O Homem do Povo* e números diversos da revista *Información Internacional*

Um número do jornal *Sentinela Vermelha*

Um lote de documentos escritos a lápis, a tinta e a máquina, sobre diversos assuntos, como sejam: traduções, escritos, estudos etc.

Um quadro desenhado, assinado por Kollovitz, representando crianças que estão erguendo pratos vazios

Um lote de correspondência recebida e remetida

---

* Coleção de brochuras escolares francesas publicadas pela Éditions de l'Imprimere a l'école, de Vence, comuna da região de Alpes-Maritimes. *Histoires des Marins* é de 1935 e *La Farce du Paysan* de 1932.

Um lote de fotografias

Um envelope com anotações diversas, endereços, receitas médicas etc.

Um caderno com anotações sobre viagens

Cinquenta e três boletins, manuscritos, a tinta vermelha, com dizeres diversos, como sejam: "Pela liberdade dos presos por questão social: Viva a revolução popular" — "Viva Luiz Carlos Prestes. Morra o ladrão Plinio Tombola" — "Abaixo a Lei Monstro e sua reforma. Liberdade para os presos por questão social" — "Pela liberdade da imprensa popular. Pela revogação do Estado de Sítio" — "Morra o integralismo. Viva a revolução popular. Anistia para os presos políticos" — "Impeçamos as deportações. Anistia para os presos políticos" — "Abaixo a pena de morte: Viva a revolução popular", a maioria dos quais colados no verso

Sete pedações de papel em branco, idênticos, mais ou menos, em tamanho, aos boletins manuscritos acima

Dez pedaços de cartão, com as iniciais "C. M." e todos numerados; material esse todo conservado em uma caixinha de cigarros

Setenta e seis folhas de papel mimeografadas, contendo, cada folha, dez pequenos boletins do *Socorro Vermelho Internacional*, para serem cortados

Dezesseis pequenos boletins, mimeografados, do *Socorro Vermelho Internacional*, já cortados, idênticos àqueles impressos em folhas grandes

Um original de boletim ou artigo, manuscrito, a tinta preta, com o título seguinte: "Getúlio utiliza todos os processos fascistas contra o povo brasileiro. Campos de concentração na Alemanha. Ilhas infernais no Brasil"

Um original para boletins ou artigo, manuscrito, a lápis, em papel jornal, sob o título "A Revolução em Marcha"

Um original, manuscrito, a tinta preta, sob o título "Quem ama o Brasil?"

Um original, escrito a máquina, sob o título "Combatamos a miséria ceifadora dos lares pobres", com as palavras, no final, "Abaixo o Governo podre de Getúlio. Viva o Governo Popular Nacional Revolucionário. Viva a Aliança Nacional Libertadora"

Um original escrito a máquina, sob o título "Prezados companheiros", no qual é historiado o movimento de Natal, Recife e Rio e as tarefas da Aliança Nacional Libertadora

Um original, manuscrito, em duas folhas a lápis, sob o título "Os movimentos de Natal, Recife e Rio"

Quatro listas do *Socorro Vermelho Internacional*, com o carimbo dessa organização, para angariar dinheiro, todas numeradas, sendo uma delas com uma contribuição de 20 mil réis, doada por R. Piza, nome escrito a lápis

Um original, manuscrito, a lápis, sob o título "Povo de S. Paulo"

Um original à guisa de página de jornal, com os títulos, escritos a lápis: "Getúlio utiliza todos os processos fascistas contra o povo brasileiro" e "Os que amaram o Brasil", cujos originais completos foram acima citados

Um original, manuscrito, a lápis, incompleto, sob o título "Origem do Estado e das classes sociais"

Um original, escrito a lápis, sob o título "Caio Prado escreve do Presídio Político uma carta ao povo de S. Paulo", incompleto; diversas folhas de papel, manuscritas, a lápis, incompletas, uma das quais sobre o *Socorro Vermelho*

Um boletim mimeografado, em idioma francês, sob a epígrafe "La page des finances"

Uma lista "subscrição", em folha de papel almaço pautada, com o seguinte título: "Vede as boas almas caridosas que queiram dar um auxílio pelo amor de Deus ao senhor Justino Morgado a dois anos que se encontra entrevado tendo quatro filhinhos o mais velho tem 10 anos de idade", com 29 assinaturas, e quantias no total de 31$500; sendo o verso dessa folha carimbado com os dizeres do *Socorro Vermelho do Brasil*

Um original, manuscrito, a tinta preta, sob o título "A reação e o governo podre de Getúlio", composto de quatro folhas de papel, tipo almaço; um original, tipo papel almaço, com os dizeres "Pão, terra e liberdade", com a anotação seguinte: 16$000-1.000"

Um original, manuscrito, a tinta preta, com os dizeres seguintes: "Rio-9 Liberdade a Manoel N. Oliveira. Aguinaldo. 50 praças do R. I. Matheus Vidal, 2º sarg. 3 R. I. Durval Mendes da Silva, cabo 3º R. I. Raymundo Gomes da Silva, músico. Rio"

Um desenho, a lápis, representando um militar preso entre dois outros, armados e diversas mãos estendidas

Um pedaço de papel com os seguintes dizeres: "Repressão policial — Reação em todo o mundo"

Um pedaço de papel com os seguintes dizeres: "Libertação de presos"

Uma folha de papel, escrita a máquina, incompleta, cujos dizeres se iniciam do seguinte modo: "Companheiros, vocês ouvem falar em repressão, estado, leis sociais, leis de segurança" etc.

Um original a máquina, com as palavras escritas a lápis, ao lado e embaixo: "Para a imprensa" e "Para a 'Defesa'", sob o título seguinte: "Os processos da reação"; um original, à guisa de página de jornal, traçado ao meio, com diversos dizeres, como: "Artigos diversos", "Palavras de ordem: Contra o Estado de Guerra" e, em cima, ao lado esquerdo: "A Defesa" e, ao lado direito: "M.O-P.R."

Um original, escrito a lápis, em folha de bloco comercial, pautado, com os seguintes dizeres, no início: "Comp. Comemoremos esta passagem do ano como aliancistas que somos" etc.

Um original escrito a máquina, sob o título "O patriotismo dos reacionários" e subtítulo "O estado de guerra prepara a guerra", com anotações, ao lado e em cima, seguintes: 2 col.3.a página. Para a imprensa"

Diversos originais, manuscritos, a tinta, com os seguintes títulos: "Despejo, Lutas populares" — "De pé frente popular" — "De pé povo do Brasil"

Um original, a máquina, sob o título "Ao povo" e a palavra "Manifesto", a lápis, assinado pelo *Socorro Vermelho do Brasil* (Reg. de S. Paulo)

Um desenho, representando "Mulheres na cadeia"

Um original a máquina, sob o título "Camaradas, que traça diretrizes do *Socorro Vermelho Internacional* durante o movimento armado"

Uma folha de papel, incompleta, escrita a tinta, que assim inicia: "Cada membro do C. R. deve receber com suficiente antecedência cópias de todas as circulares" etc.

Dez folhas de papel datilografadas, sob o título "Pro salario minimum", em idioma alemão

Um boletim impresso, sob o título "Desperta Brasil", com a efígie de Luís Carlos Prestes, e desenhos representando "Pão, terra e liberdade"

Quatro folhas de papel "stencil" para mimeógrafo

Um bloco contendo doze folhas de etiquetas, cortadas, e coladas no verso, sendo que cada folha contém nove etiquetas

Um boletim impresso sob o título "Libertação imediata de todos os presos libertadores" e, no verso do mesmo, escrito a lápis, um original, incompleto, com os seguintes dizeres: "Greve da fome" etc.

Um desenho, representando Lênin

Um original de boletins pequenos, sobre aumento dos salários; três boletins, em idioma francês, com as armas comunistas impressas no centro; um original, escrito a lápis, em papel jornal, com o título [?] escrito a máquina, idêntico ao anterior, sobre os cursos de capacitação

Um desenho, representando chaminés de fábricas, torres e grades de prisão, com os seguintes dizeres: "As realizações do governo na cidade industrial, transformações de fábricas em presídios"

Duas "tabelas de preços" do jornal *A Plateia*

Pedaços de papéis rasgados, sobre assuntos sociais

Uma lista de nomes e respectivas contribuições, com as quantias amontoadas ao lado de cada nome, em tinta vermelha e com as palavras "Da Pagú", escritas a lápis

Um boletim pequeno, mimeografado, sob o título "Aos brasileiros livres"

Diversos selos na importância de $500 e 1$000

Um lote de documento, os quais, segundo se depreende, pertencem a Sidéria Galvão

SECÇÃO DE INVESTIGAÇÕES

São Paulo, 21 de outubro de 1936.
Exmo. Snr. Dr. Delegado de Ordem Social:

ORDEM de SERVIÇO: -   Escoltar as detidas PATRICIA
                           e SYDERIA GALVÃO, recolhidas
                           no Presidio Politico, á Sec-
                           ção de Identificação, afim
                           de serem photographadas.

  Retiramos as marginadas do Presidio, em carro de preso, afim de cumprir as vossas determinações. No entretanto não houve possibilidades de levar-se a effeito este trabalho. As presas, chegadas ao Gabinete, recusaram-se terminantemente a se deixarem identificar, dizendo que haviam sido absolvidas pelo Juiz competente, nada tendo por conseguinte com a Policia. Quando subiamos as escadas do Gabinete, ellas não queriam subil-as, motivo pelo qual fui obrigado a empurral-as. Nesse momento tive o meu paletot no corrimão da mesma escada. Durante o percurso que fizemos ellas cantaram a INTERNACIONAL e gritavam; - PÃO, TERRA e LIBERDADE.
  É quanto nos cumpre communicar-vos.

Decio Vasconcellos
Harry Muller

Ofício interno do Deops reportando rebeldias das irmãs Galvão.
São Paulo, 21 de outubro de 1936

DELEGACIA DE ORDEM SOCIAL
SÃO PAULO

CÓPIA

Dr. Egas Botelho - 28-11-36

Ha quatro dias nós abaixo assinados e as companheiras presas no Paraizo declaravamos a greve da fome por decisão unanime de todas. As nossas reivindicações que apresentamos ao director do presido são as seguinte:

1º Contra a suspensão do banho de sol diario

2º Mais attenção por parte do medico quando for solicitado.

3º Observancia ás dietas das companheiras doentes.

4º Contra o mau trato moral pelos que se valendo da autoridades nos insultam nas grades.

Tendo, coagidas pela força vindo até esta Superintendencia trazermos ao seu conhecimento a continuação da mossa greve da fome promptas a nella persistir até que S.S. se digne tomar providencias afim de que sejamos removidas para o presidio Politico Paraizo.

(a) Patricia Galvão
(a) Syderia Galvão
(a) Lucia Albano

Cópia da carta endereçada por Patrícia e outras presas do Presídio Paraíso ao superintendente da Delegacia de Ordem Política e Social protestando contra os maus-tratos e informando a continuação da greve de fome depois de quatro dias. São Paulo, 28 de novembro de 1936

Manifesto coletivo de presas, 1936*

"É POSSÍVEL QUE NOVOS E MAIORES SACRIFÍCIOS NOS ESTEJAM RESERVADOS. MAS NÓS, PRESOS POLÍTICOS DAS MAIS VARIADAS IDEOLOGIAS, BENDIREMOS ESSE SACRIFÍCIO, SE DELE RESULTAR UM NOVO ESTÍMULO PARA TODOS AQUELES QUE COMBATEM O DESPOTISMO GOVERNAMENTAL E AS REAÇÕES FASCISTAS, DEFENDENDO E EXALTANDO *A LIBERDADE E A DEMOCRACIA*"

Povo de São Paulo:

Há mais de um ano, presos políticos de São Paulo, aguardamos nos cárceres a que fomos atirados pela insensatez reacionária que assola o país, o momento ansiosamente esperado de promovermos a nossa defesa e, ao mesmo tempo, acusarmos perante a nação, através da justiça constitucional, aqueles que, a pretexto do movimento armado de novembro de 35, foram arrancar-nos ao labor pacífico, para apresentar-nos perante a opinião pública como temíveis criminosos.

Há mais de um ano que ansiamos pelo momento de denunciar ao povo o que tem sido este período de terror em que nos achamos mergulhados; o que tem sido os espancamentos

---

* Dossiê Patrícia Galvão. 30-Z-12. Fundo Deops/Apesp.

policiais; os bombardeamentos de presídios; as confissões extorquidas sob torturas; o processo paciente de aniquilamento que levou à loucura e outros à morte e à derrocada dos lares a que faltaram seus chefes.

Mas, o governo que já havia amordaçado a imprensa; que já havia mutilado a Constituição com incríveis reformas; que já havia subjugado o Congresso com o estado de guerra; que já culminou a sua obra de fascistização do poder aniquilando a justiça, submetendo-a a um tribunal de exceção — o Tribunal de Segurança Nacional.

E nós, que há mais de um ano, envolvidos pelo negror reacionário desses dias, esperávamos, no fundo dos cárceres, a claridade sadia dos julgamentos públicos em tribunais regulares; a possibilidade de produzir provas amplas; a liberdade absoluta de defesa; deparamo-nos, em trevas ainda mais negras, com a ignomínia de um tribunal secreto composto de julgadores políticos mandatários diretos do governo.

Será um tribunal onde a acusação terá todas as probabilidades, digo, facilidades, e o direito de defesa será praticamente inexistente; um tribunal em que se verificará completa inversão das tradicionais normas de direito, devendo o réu produzir a sua defesa antes de conhecer os argumentos da acusação? Um tribunal em que prevalecerá o arbítrio do julgador, mesmo contrariando as provas do processo, o que significaria ser o mesmo uma simples continuação da Polícia Política.

Quer o Governo, com mais esse atentado aos brios da Nação, evitar que a verdade seja conhecida do povo.

Torna-se-lhe preciso que os presos políticos continuem a ser apresentados ao país como criminosos desalmados, dignos de colônias agrícolas, de trabalho forçado, de novas "clevelândias".

É-lhe necessário que as torturas e as ilegalidades continuem ignoradas do povo. Não lhe convém, absolutamente, que neste momento, em que a luta pela sucessão presidencial se inicia, surja diante do país, exibindo seu martírio e gritando o seu protesto contra aqueles que abusaram do poder e nele querem se perpetuar, a legião dos que, há mais de um ano, só têm conhecido a brutalidade e a prepotência.

Até aqui os nossos protestos foram abafados com bombas de gás e fuzilaria. Agora querem sufocá-los com o Tribunal de Segurança Nacional.

Nós, porém, que nesse ano de prisão já experimentamos torturas morais e físicas; nós que sentimos, mais do que ninguém, o que são a Liberdade e a Dignidade calçadas pelo arbítrio; nós que no próprio interesse dessa Liberdade, dessa Dignidade, na defesa da Democracia e da Constituição, viemos dizer ao povo de São Paulo: NÃO PACTUAREMOS COM A MONSTRUOSIDADE DO TRIBUNAL INFAME: repelimos essa justiça de exceção.

Só pela força compareceremos perante ele. Não nos defenderemos porque essa defesa seria a sua legitimação, o seu reconhecimento.

Desautorizamos, desde já, os advogados designados pelo Tribunal de Segurança Nacional a nos defender. Apelamos para que, com sua presença, não sejam participantes de uma força. Não reconheceremos, absolutamente, o julgamento ilícito a que nos querem submeter.

Só uma atitude se impõe: OS PRESOS POLÍTICOS BOICOTAM O TSN, NEGAM-SE A RECONHECER A SUA LEGITIMIDADE E NÃO SE DEFENDEM PERANTE ELE. Não tememos a justiça. Mas queremos a verdadeira justiça, a justiça constitucional, não a justiça policial do TSN.

Povo de São Paulo.

É possível que novos e maiores sacrifícios nos estejam reservados. Mas nós, presos políticos das mais variadas ideologias — de todas as correntes de esquerda, aliancistas, socialistas, perrepistas, revolucionários de 22, 24, 30 e voluntários de 32 —, bendiremos esses sacrifícios, se deles resultar um novo estímulo para todos aqueles que combatam o despotismo governamental e as reações fascistas, defendendo e exaltando A LIBERDADE E A DEMOCRACIA!

São Paulo, dezembro de 1936
SIDÉRIA GALVÃO — PROFESSORA
PATRÍCIA GALVÃO E OUTROS

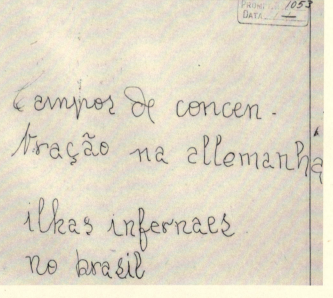

Manuscritos apreendidos na casa de Patrícia pela Polícia depois que ela foi presa em 1936

Procurando nova articulação os communistas

A POLICIA DESCOBRIU A SÉDE DE UMA ORGANIZAÇÃO EXTREMISTA E EFFECTUOU PRISÕES

Mimeographo, livros, jornaes e boletins communistas, apprehendidos á rua Montenegro, n.º 243, apartamento 9, residencia de Itsikar Leite

Depois das innumeras diligencias policiaes effectuadas em 1935 e 1936, os elementos communistas, principalmente desta capital, soffreram profundo golpe na estructura geral de sua organização.

Entretanto, mezes antes de novembro do anno passado, alguns desses elementos, que tiveram soluções favoraveis para seus casos pelo Tribunal de Segurança Nacional, sendo postos em liberdade, começaram a tentar nova articulação, juntamente com outros que conseguiram escapar á prisão.

Como era natural, os communistas começaram a analysar o seu modo de agir, naquelles annos, chegando á conclusão de que se tinham commettido innumeros erros, sob o ponto de vista revolucionario, erros esses que os levaram a soffrer o amargor da derrota.

Isto posto, trataram de delinear um novo plano de acção, desta vez isento de falhas, que pudesse coroar de exito a sua campanha. Nesse ponto, todavia, não chegaram a um accordo. Formaram-se diversos grupos, que disputavam, entre si, a primazia na direcção. E alguns membros mais exaltados se separam do grupo central, formando um novo partido, o Partido Operario Leninieta (P. O. L.), composto de adeptos da orientação da IV. I. C.

Os primitivos proceres dessa organisação, taes como Mario Pedrosa, que actualmente se encontra em Paris, representando o seu Partido num congresso de operarios "trotzkystas", Abramo e Salvestri, perderam o contacto com seus associos.

Galvão, era, juntamente com esta, o responsavel pela organização nesta capital do Comitê Regional do Rio do P. O. L.

UM VERDADEIRO ARSENAL

No apartamento da rua Montenegro, encontrou a Policia além de um mimeographo, de typo modernissimo e com grande capacidade de producção, uma farta collecção de publicações, taes como: boletins, jornaes, revistas, etc., que eram alli mesmo clandestinamente editadas. Uma valise para viagem estava totalmente cheia de exemplares do jornal "A Luta de Classe", orgão central da agitação trotzkysta; um caixote de dimensões regulares estava atapetado

Patricia Galvão (Pagé)

posição quasi permanente ao sol e ás intemperies a que se submette. Ambos manifestam um baixo nivel de cultura e um alheiamento completo á civilisação e desprezo pelos homens "contaminados por ella", como declararam.

Esse Tarzan, nas horas em que foge ao sensual ambiente de sua companheira, é "chauffeur" de omnibus.

MAIS UMA PRISÃO

Agindo com calma, mas com precisão e segurança, pôde a Policia effectuar mais uma prisão. Trata-se de um elemento que se suppõe ser de importancia relativa, pois já era conhecido e fichado como communista. Chama-se Julio dos Santos e já teve o seu nome nos noticiarios dos jornaes, quando, ha tempos, tentára obter uma entrevista com Luiz Carlos Prestes, que se achava preso no quartel da Policia Especial. Conseguira, então, com a allegação de ser um amigo pessoal do chefe communista, escapar á acção da Policia.

Preso agora e habilmente interrogado, depois de cair em innumeras contradicções, confessou-se promotor de varias reuniões dos communistas detidos, usando, para tal fim, do apartamento de um seu amigo que, de bôa fé, lh'o emprestára, para servir de local para um "rendez-vous" galante.

CARACTER DA CELLULA

O agrupamento extremista, ora liquidado pela Policia Politica, estava ligado, como se pôde apurar mais tarde, ao Soccorro Vermelho chefiado por Paschoale Petrarcone, cujas actividades cessaram quando da prisão de seu chefe.

Lista de livros e documentos apreendidos em 1938

*Extraído do "Termo de novas declarações" da Apelação 204.
Fundo Tribunal de Segurança Nacional/Arquivo Nacional*

Origem e caráter dos sovietes
Andrés Nin

Sua vida – sua obra
Max Beer, trad. de Menotti del Picchia

La Revolution Trahie
Leon Trótski, trad. de Vitor Serge – russo

Lenine – Militant Ilegal
B. Vassiliev e M. Kedrov

Le Manifest Comuniste
Karl Marx, trad. de Charles Andler

Capitalismo e comunismo
Karl Marx, Friedrich Engels, Lefergne, Lênin, Trótski e Bukerine

Vers Le Capitalisme ou Vers Le Socialisme
Leon Trótski

L'Internationale Comuniste Après Lenine
Leon Trótski

um caderno de notas, com algumas páginas escritas a lápis e a tinta, e uma carteira para cigarros, de metal branco, vendo-se na mesma uma estampa de um cavalo e no interior da mesma se encontram anotações a lápis

Carta de uma militante*

Companheiros:

Este documento vai com o meu apoio absoluto aos camaradas revolucionários pela posição que tomaram frente à burocracia internacional que tem travado a marcha do movimento revolucionário e traído o proletariado da URSS, e as conquistas da Revolução soviética. A minha posição foi tomada depois de uma análise meticulosa, longa e objetiva, que se iniciou com a primeira dúvida produzida na minha passagem pela URSS. É a minha convicção revolucionária que me coloca ao lado dos companheiros na luta contra a burocracia, por um partido verdadeiramente revolucionário, pela Revolução Proletária Internacional. Autorizo a publicação mesmo com meu nome legal, total ou em parte.

A BUROCRACIA SOVIÉTICA NA URSS

Os sintomas da formação de uma burocracia soviética, depois da tomada do poder da Alemanha por Hitler, só se têm agravado,

---

* Publicada no Boletim editado pelo Comitê Regional de São Paulo do PCB (Dissidência Pró-Reagrupamento da Vanguarda Revolucionária), março de 1939.

e hoje não é mais possível ignorar-se ou ficar-se indiferente ante os crimes e, o que é pior, os erros da casta governamental soviética. A sua existência pode ser constatada não só praticamente, mas também teoricamente, procurando-se as causas das sucessivas derrotas que tem sofrido o proletariado nestes últimos dez anos em que as crises do capitalismo têm se mostrado mais graves. Só esse fenômeno faz pensar que simultaneamente entrou em crise a direção do proletariado. Um rápido exame da política seguida pelas organizações operárias evidencia o caráter oportunista e capitulacionista desta política. A que se deve isto? A erros teóricos e práticos a que está sujeita qualquer organização revolucionária? Evidentemente não. Os erros dos partidos revolucionários são eminentemente descontínuos. As verdadeiras causas primeiras dessa política, hoje internacional, devem ser buscadas na necessidade sentida pela burocracia soviética de manter-se no usufruto das conquistas da Revolução, na impossibilidade de conciliar os interesses do proletariado internacional com os daqueles que se proclamam seus chefes.

A burocracia soviética saiu do Partido Comunista Russo, isto porque na fase imediatamente pós-revolucionária todo o poder político e administrativo encontra-se nas mãos do Partido. Nesta fase, toda obra revolucionária é criar condições para a descentralização cada vez maior. É enfim cumprir a palavra de Lênin, "Tornar o governo desnecessário é a maior tarefa deste governo". Na Rússia, contudo, essa tarefa teve que ser relegada a um segundo plano. Isto porque circunstâncias diversas, tais como a existência de Estados burgueses nas suas fronteiras, a situação pré-revolucionária em grande número de países da Europa, fizeram com que no partido não pudesse se considerar a revolução de Outubro como uma vitória definitiva, mas apenas como uma etapa vitoriosa na luta revolucionária do proletariado. O partido viu, e viu justo, que as conquistas da revolução só poderiam ser mantidas com o desenvolvimento da revolução internacional. Essa a primeira verdade necessária para a compreensão da gênese da burocracia termidoriana. A revolução russa não podia ser tida como um fim. E não o foi de fato. O seu desenvolvimento natural e dialético seria o prosseguimento da revolução proletária no campo internacional. Em vez disso, sacrificou-se a revolução internacional — como sacrificou-se ainda hoje. Consequentemente sacrifica-se a revolução russa. E como esta ação fosse contrária a tudo que é marxismo, só podia gerar o absolutismo burocrático, os privilégios excessivos dos dirigentes, o conservantismo nacional. Como se pode comportar esta casta, constituída na sua quase totalidade de *arrivées*, diante das conquistas da Revolução proletária? A revolução foi feita tendo por fim o estabelecimento de uma sociedade sem classes, sem privilegiados, portanto, sem deserdados. Uma sociedade concebida nestes moldes não teria necessidade de uma burocracia profissional para exercer uma coerção estatal, por isso mesmo que as funções seriam exercidas pelos próprios cidadãos. As condições a que aludimos fizeram com que a estrutura atual do Estado soviético seja o oposto desse ideal. Ora, nós sabemos que não há governo que possa se exercer sem uma ideologia real ou fictícia. E a burocracia viu-se obrigada a apoiar-se, pelo menos ficticiamente, na ideologia comunista revolucionária. Conseguiu isso, mascarando e dissimulando seus privilégios com a mentira, justificando com fórmulas comunistas relações e fatos que nada têm realmente com o comunismo.

O abismo entre a palavra e a realidade é cada vez mais profundo, daí ser necessário rever a cada ano não apenas as fórmulas mais sagradas, mas até os próprios princípios. Deste modo, a burocracia bonapartista não só apossa-se das conquistas da revolução mas falseia-a, despindo-a dos seus caráteres mais essenciais sob a alegação de que constituem "erros de esquerda".

À menor dissonância ela revela o seu caráter policial, perseguindo, "depurando" sob o rótulo de trotskismo. Do estado soviético, do estado operário, fez um estado totalitário. A própria efervescência das ideias e das relações sociais, que são o fenômeno natural que segue qualquer grande transformação social, tornou-se-lhe perigosa. Ela teme a discussão porque teme a crítica, e teme a crítica porque teme a massa. O seu verdadeiro medo é ver perdidos os seus privilégios, daí o não permitir nenhuma discussão, daí as prisões, daí as deportações, os fuzilamentos. Teme a crítica e por este temor mesmo ela só pode perceber os fenômenos através dos *bureaux* e não através das discussões, que são o único índice preciso. Os *bureaux* são um aparelho de coerção, não um aparelho de ação. A burocracia pode produzir burocratas e lacaios servis, nunca revolucionários. Ela terá que ser necessariamente vacilante e pouco segura na sua ação. Ao primeiro embate histórico toda sua inconsistência interior manifestar-se-á.

A BUROCRACIA NO EXTERIOR

A IC sofreu, como não podia deixar de sofrer, grandes modificações, quer na sua ação política, quer na sua organização, desde que a Revolução foi vitoriosa em um país. Essa ação que naturalmente devia tornar-se mais decisiva e mais eficaz, dada a existência de um ponto de apoio material — um Estado operário —, tornou-se negativa, se não criminosa. A origem deste fato está na própria burocracia soviética. A Internacional tornou-se, de organização revolucionária do proletariado, um apêndice da burocracia termidoriana, um órgão para manter-lhes os privilégios. Os métodos da Internacional são um esboço grotesco dos métodos da burocracia bonapartista, as suas organizações, instrumentos servis, a sua imprensa, o eco da imprensa soviética.

Se a história tivesse permitido que a revolução russa seguisse o seu desenvolvimento natural, a IC seria o instrumento da ex[tr]oversão da Revolução de Outubro, seria o meio de dragar para o proletariado internacional as energias obtidas com a tomada do poder. Em vez disso a União Soviética toma a posição de introversão, procura captar todas as forças do proletariado para "a defesa da URSS" (isto é, defesa da burocracia), relegando para um plano inferior a revolução internacional. Realmente a burocracia stalinista age no sentido de que a União Soviética tome, juridicamente, no quadro das relações internacionais, todas as características de um Estado burguês. Acordos econômicos e militares com países capitalistas fizeram com que a URSS perdesse definitivamente a sua liberdade de ação no exterior. Que foi a IC em tudo isto? Ela foi o instrumento junto às massas trabalhadoras da política de "escoras internacionais" empreendida pela estupidez burocrática, na ânsia de garantir-se. Ela serviu para fabricar, nos países de maior influência da URSS, a atmosfera de calma interior, necessária à preparação bélica, desenvolvendo em escala internacional a política de frentes populares com a burguesia. Castrou as massas operárias, impregnando o ar de um espírito reformista e antirrevolucionário, confundindo capciosamente defesa de casta governamental com a defesa da União Soviética. A URSS só seria realmente defendida por uma ação efetivamente revolucionária do proletariado internacional; mas a burocracia dirigente só pode se defender à custa de conchavos e de alianças internacionais. Mais. A burocracia é naturalmente oportunista, daí os zigue-zagues que caracterizam a sua política externa e, portanto, aquela da IC. Nesses zigue-zagues, em que tudo o que era bolchevismo foi perdido, a IC freou o proletariado, traiu-o, até amarrá-lo ao imperialismo, lançando-lhe a esperança numa messiânica guerra futura. Como pôde porém a IC chegar a tal ponto da degenerescência, sem possuir aparelho estatal para reprimir as divergências, revolucionárias naturalmente, que haveriam de surgir no seu seio? É claro que a IC não conseguiria chegar à decrepitude atual senão fugindo lentamente daquilo que, de Lênin para cá, denominou-se bolchevismo.

Bolchevismo é o método marxista de ação revolucionária. A IC nega-o objetivamente quando se lança nos braços dos países democráticos, em vez de explorar tecnicamente os recursos de que pode dispor o proletariado na sua luta, recursos que, pela profundeza dos fenômenos históricos de que emanam, excluem naturalmente a política de recuos sistemáticos, de conchavos ou de uniões. Toda ação objetiva da IC hoje visa atenuar os antagonismos de classe e colocar o proletariado, pelo menos teoricamente, como o aproveitador fugaz dos choques interburgueses. Daí ligá-lo a determinados grupos da burguesia, tirar-lhe a independência política e até orgânica. Que tem isso de comum com o marxismo-leninismo, que faz toda sua ação objetiva se basear na oposição de classe a classe, forçando ao mesmo tempo teoricamente os meios do proletariado a atingir o poder e praticamente o medo de exercê-lo? Para que essa ação se faça de um modo conciso e justo é necessário que o Partido viva subjetivamente apoiado em dois princípios: unidade de ação e democracia mais ampla. E compreende-se: as organizações revolucionárias são organizações de proletariado. A linha política será tanto mais justa quanto maior for a consciência que estas organizações tenham das suas próprias forças, e quanto maior for o conhecimento que tenham da realidade. E a realidade, a situação objetiva, não pode ser sentida por *bureaux*; ela só é percebida pela própria massa. Daí ser imprescindível para que uma organização revolucionária continue como tal que as suas iniciativas políticas partam da base, ao menos no seu esboço. Daí remonta aos quadros dirigentes, onde terá uma forma mais precisa, voltando então à massa que adota as realizações práticas. Mas não é formal este processo de mecânica organizatória bolchevique. Aí está a história do partido russo até a revolução. Essa democracia interna permite que a massa só aja com uma certa consciência da ação, daí a firmeza, a unidade. A IC viu-se diante de um dilema: ou burocratizar-se ou agir contra os interesses da casta governamental soviética. E assim empreendeu e realizou a obra completa da burocratização de suas seções. Paulatinamente foi-se centralizando o poder político, os dirigentes habituando-se a ver a massa de longe, através de hipóteses; as discussões foram tomando um caráter cada vez mais secundário diante das ordens cada vez mais ditatoriais da direção. Hoje a obra está terminada. Ela pode ser contemplada em toda a sua extensão: o servilismo ou o meio dos militantes de base, as dissonâncias cada vez mais raras e cada vez mais violentamente abafadas, a imensa importância dos *bureaux* em relação à base, a putrefação ideológica.

Hoje a burocracia da Internacional impera absoluta, mas a própria organização burocrática fará com que ao primeiro grande embate histórico as suas seções se desagreguem, apareçam cisões nos seus seios.

Seria errôneo e artificial julgar que tais cisões sejam apenas fenômenos de desagregação. Elas são também, e em grande parte, função das traições de classe, da própria composição dos partidos. E não nos esqueçamos que "se as diferenças de pontos de vista no seio do partido coincidem com diferenças de classe, nenhuma força nos afastará da cisão" (Lênin – Testamento). À medida que nos aproximamos do epílogo, das crises mais ou menos contínuas do capitalismo, vamos sentindo a necessidade de abandonar aqueles que traíram o proletariado na China, na

França, na Alemanha, na Espanha, sob pena de sermos cúmplices de uma catástrofe histórica. A burocracia perdendo terreno, acuada pela massa operária, será cada vez mais violenta na sua ação compressora. Isto é um caráter que lhe é específico.

Não esqueçamos as palavras de Stálin, palavras típicas de um golpe bonapartista: "Estes quadros só serão destituídos pela guerra civil" (Pleno do CC de agosto de 27).

Os elementos conscientes e capazes saberão o caminho a seguir. Saberão encarar a burocracia como um acidente funesto, mas incapaz de deter a marcha da história.

Saudações revolucionárias,

PAGÚ
fevereiro de 1939

Nota da redação: A camarada Pagú, autora da carta acima, é uma velha militante do Partido, que cumpre atualmente, pela segunda vez, uma condenação de dois anos, imposta pelo infame Tribunal de Segurança. Longe de se deixar abater pela reação, a camarada Pagú conserva toda a sua combatividade e espírito revolucionário e toma corajosamente posição ao lado dos companheiros que, fiéis aos ensinamentos de Marx e Lênin, rompem com a burocracia e enveredam pelo caminho da luta revolucionária. A camarada Pagú se coloca assim num lugar de destaque na luta pelo reagrupamento da vanguarda revolucionária no Brasil.

Editora Fósforo
Rua 24 de Maio, 270/276, 10º andar, salas 1 e 2 — República
01041-001 — São Paulo, SP, Brasil — Tel: (11) 3224.2055
contato@fosforoeditora.com.br / www.fosforoeditora.com.br

Copyright © 2023 Herdeiros de Patrícia Galvão

Agradecemos a Rafael Moraes pela disponibilização dos manuscritos. A Ricardo Santos, diretor do Núcleo de Acervo Textual Público do Centro de Acervo Permanente do Arquivo Público do Estado de São Paulo, pela presteza e agilidade no envio dos documentos aqui reproduzidos. Agradecemos também a Augusto Massi, Elena Vássina e Yudith Rosembaum, docentes da Universidade de São Paulo, pela leitura atenta e pelos conselhos literários e editoriais sem os quais essa publicação não seria possível, e a Rita Palmeira pelos esclarecimentos sobre o gênero da escrita prisional.

Todos os direitos reservados. Nenhuma parte desta obra pode ser reproduzida, arquivada ou transmitida de nenhuma forma ou por nenhum meio sem a permissão expressa e por escrito da Editora Fósforo.

EDITORAS Fernanda Diamant e Rita Mattar
EDIÇÃO Eloah Pina
ASSISTENTE EDITORIAL Cristiane Alves Avelar
TRANSCRIÇÃO Katherine Schott e Rodrigo Sampaio
PREPARAÇÃO Débora Donadel
REVISÃO Livia Azevedo Lima e Eduardo Russo
DIRETORA DE ARTE Julia Monteiro
CAPA Flávia Castanheira
IMAGEM DE CAPA Coleção Rafael Moraes
CRÉDITO DAS IMAGENS pp. 14, 18, 116, 123-4, 129-30 Arquivo Público do Estado de São Paulo; pp. 15, 52 Coleção Rafael Moraes; p. 21 *O Homem do Povo*. São Paulo: Biblioteca Azul, 2007.
TRATAMENTO DE IMAGENS Julia Thompson
PROJETO GRÁFICO Alles Blau
EDITORAÇÃO ELETRÔNICA Página Viva

Dados Internacionais de Catalogação na Publicação (CIP)
(Câmara Brasileira do Livro, SP, Brasil)

Galvão, Patrícia, 1910-1962
 Até onde chega a sonda : escritos prisionais / Patrícia Galvão ; organização Silvana Jeha. — São Paulo : Fósforo, 2023.

Bibliografia.
ISBN: 978-65-84568-86-0

1. Ditadura — Brasil 2. Ficção brasileira 3. Vargas, Getúlio, 1882-1954 — Ficção I. Jeha, Silvana. II. Título.

23-173836 CDD — B869.3

Índice para catálogo sistemático:
1. Ficção : Literatura brasileira B869.3

Eliane de Freitas Leite — Bibliotecária — CRB-8/8415

Este livro foi composto em GT Alpina e
GT Flexa e impresso pela Ipsis em papel
Pólen Natural 80 g/m² da Suzano para a
Editora Fósforo em outubro de 2023.

A marca FSC® é a garantia de que a madeira utilizada
na fabricação do papel deste livro provém de florestas
gerenciadas de maneira ambientalmente correta,
socialmente justa e economicamente viável e de outras
fontes de origem controlada.